SUICÍDIO

Dados Internacionais de Catalogação na Publicação (CIP)
(Câmara Brasileira do Livro, SP, Brasil)

D'Assumpção, Evaldo A.
　Suicídio : como entender e lidar com essa trágica realidade / Evaldo A. D'Assumpção. – Petrópolis, RJ : Vozes, 2021.

　ISBN 978-65-5713-275-3
　1. Suicídio 2. Suicídio – História 3. Suicídio – Prevenção
I. Título.

21-65899　　　　　　　　　　　　　　　　　　　CDD-155.937

Índices para catálogo sistemático:
1. Suicídio : Psicologia   155.937

Cibele Maria Dias – Bibliotecária – CRB-8/9427

EVALDO A. D'ASSUMPÇÃO

SUICÍDIO

Como entender e lidar com essa trágica realidade

EDITORA
VOZES

Petrópolis

© 2021, Editora Vozes Ltda.
Rua Frei Luís, 100
25689-900 Petrópolis, RJ
www.vozes.com.br
Brasil

Todos os direitos reservados. Nenhuma parte desta obra poderá ser reproduzida ou transmitida por qualquer forma e/ou quaisquer meios (eletrônico ou mecânico, incluindo fotocópia e gravação) ou arquivada em qualquer sistema ou banco de dados sem permissão escrita da editora.

CONSELHO EDITORIAL

Diretor
Gilberto Gonçalves Garcia

Editores
Aline dos Santos Carneiro
Edrian Josué Pasini
Marilac Loraine Oleniki
Welder Lancieri Marchini

Conselheiros
Francisco Morás
Ludovico Garmus
Teobaldo Heidemann
Volney J. Berkenbrock

Secretário executivo
João Batista Kreuch

Diagramação: Sheilandre Desenv. Gráfico
Revisão gráfica: Rúbia Campos
Capa: SG Design

ISBN 978-65-5713-275-3

Editado conforme o novo acordo ortográfico.

Este livro foi composto e impresso pela Editora Vozes Ltda.

Sumário

Apresentação, 7

I Suicídio – Generalidades, 9
   1 – Etimologia, 9
   2 – Histórico e Conceitos, 9
   3 – Dados Estatísticos, 23

II Tipos de suicídio, 29

III Prevenção do suicídio, 41

IV Conhecendo melhor o suicídio, 47

V Sinais de alerta e alguns conceitos equivocados, 55

VI Condutas sugeridas para com o potencial suicida e seus familiares, 59

VII Condutas sugeridas para familiares e amigos de quem suicidou, 72

VIII Conclusões, 77

Apêndices, 79
   A – Convivendo com perdas e ganhos, 79
   B – Por que sofremos?, 85
   C – Morrer, e depois?, 93

Outras leituras sugeridas, 107

Apresentação

Júnia Drumond*

São muitas as perdas que vivemos ao longo do nosso ciclo de vida. Entretanto, temos tido pouca capacidade de vivenciá-las de modo integral, ético e até digno. Vivemos um tempo de contradições, no qual o acesso a meios de comunicação, condições de aprendizado e conexões humanas nunca estiveram tanto ao alcance de tantos, mas, ainda assim, vemos pessoas cada vez mais dessensibilizadas, alienadas de si e do outro, impossibilitadas de elaborar suas dores e cuidar delas. Nesse sentido, o texto que lemos a seguir é uma excelente oportunidade de refletirmos sobre uma das mais sofridas dores humanas.

De maneira clara e objetiva, Dr. Evaldo aborda assuntos complexos e propõe importantes discussões sobre o suicídio. História, dados relevantes, questões bioéticas e vários temas como impermanência, culpa, perdão, sofrimento e cuidado são tratados de maneira segura e empática, ingredientes fundamentais para que possamos conhecer esse fenômeno e seus aspectos. Com isso, muitos estigmas que giram em torno do suicídio podem ser desconstruídos e, assim, abrir espaço para uma comunicação de qualidade entre profissionais, sobreviventes e quaisquer interessados no tema.

Sem dúvida é uma grande possibilidade de (re) aprendermos sobre o sofrimento humano e como podemos transformá-lo em esperança.

Boa leitura!

* Psicóloga com aprimoramento em Luto e Tanatologia, membro da SOTAMIG – Sociedade de Tanatologia e Cuidados Paliativos de MG, onde coordena grupos de enlutados desde 2009.

I
Suicídio

Generalidades

1 Etimologia

A palavra suicídio vem do latim, formada pela junção de duas palavras: *SUI = SI PRÓPRIO* e *CAEDERE = MATAR*. Portanto, suicídio significa "matar a si próprio". Foi usada pela primeira vez, em 1737 pelo francês Desfontaines.

Entretanto, a expressão "suicidar-se", que baseada na etimologia, é uma redundância, portanto uma forma errada de se expressar, tornou-se de uso tão comum, desde o século XIX, que foi assimilada e o seu uso está oficialmente consagrado no idioma português, tornando-se correta. Pode-se grafar "se suicidou" tanto como "suicidou-se".

2 Histórico e conceitos

Num estudo da história da humanidade, vamos ver que o suicídio faz parte dessa mesma história, existindo relatos bastante antigos de autoextermínio. Contudo, nem sempre ele tinha a conotação de uma atitude voluntária contra si mesmo, estando relacionada a outras circunstâncias. Algumas vezes, por determinação de outros.

Podemos então classificar o suicídio, do ponto de vista histórico e motivacional, nos seguintes tipos, com suas características específicas:

a) Punitivo = Talvez aquele que tem a sua citação histórica mais antiga, tendo o grande filósofo grego, Sócrates, como a sua vítima mais notória. Proclamado pelo oráculo de Delfos, como o mais sábio de todos os homens, Sócrates assumiu esta condição como uma missão divina, pela qual deveria instruir aos seus concidadãos para o desenvolvimento da sabedoria e a prática da virtude. Contudo, julgando-se pouco sabedor das coisas, utilizava a metodologia do questionamento aos seus interlocutores sobre tudo aquilo que queria saber. Independentemente do nível sócio-cultural de seus questionados, descobriu que todos, pouco ou nada sabiam, mas não tinham consciência deste não saber. Entretanto, tendo plena consciência de que pouco ou nada sabia, ia conquistando a sabedoria pela consciência da sua própria ignorância. Irônico, levava aos que o ouviam a descobrir a sua própria falta de conhecimentos, conquistando assim muitos inimigos. Incomodando seus interlocutores com questionamentos e comentários, acabou sendo denunciado como subversivo e corruptor da juventude, especialmente por criticar os generais do seu tempo, pelas derrotas que sofriam, e por não acreditarem nos deuses de seu país. Foi então condenado à morte ignominiosa, sendo obrigado a tomar terrível veneno chamado *cicuta*, nas masmorras de Atenas, no ano 399 a.C. Foi o primeiro suicídio registrado na história.

b) Eugênico = O objetivo desse ato seria a eliminação de pessoas com deformidades que pudessem representar problemas para a comunidade a que pertenciam, além do receio de que eles gerassem filhos imperfeitos. Pessoas com malformações congênitas, ou de grupos étnicos considerados inferiores, ou ainda, com aspecto inestético e desagradáveis à visão, eram (e ainda o são!) induzidas ao suicídio para não se ter, numa comunidade, quem não fosse esteticamente "correto" para os seus padrões. Hoje, com os recursos da tecnologia, através de estudos de DNA e da ultrassonografia, podem-se detectar defeitos em fetos dentro do útero materno. E muitos defendem o aborto nestas situações, usando para isso eufêmicas alegações de proteção ao equilíbrio emocional dos pais. Na realidade, é o antigo pensamento eugênico predominando sobre a dignidade da pessoa humana, e o valor inestimável da vida.

c) Preventivo = Era relativamente comum entre algumas populações muçulmanas, esquimós e orientais, para preservar a segurança ou sobrevivência de comunidades carentes de recursos. Quando se encontravam em situações difíceis, doentes graves e idosos eram levados ao suicídio, sendo que, por uma questão cultural, a maioria já buscava, por si só, a sua própria morte, livrando a sua comunidade do ônus de sua sustentação.

d) Solidário = Encontrado na Índia, com o nome de SUTTEE, do qual o exemplo maior é o da viúva que se lançava no crematório do marido para morrer junto dele. Apesar de esse procedimento estar proibido desde 1829, pelos então dominadores ingleses, ainda hoje acontece.

e) Romântico = O exemplo clássico é o da tragédia de Shakespeare, *Romeu e Julieta*, na qual os dois amantes de Verona se matam, porque não poderiam viver juntos, o seu grande amor.

f) Heroico = No ano 73 d.C., os romanos, sob o império de Tito, sufocaram a rebelião dos judeus. Três anos antes destruíram Jerusalém, e em seguida cercaram a fortaleza de Massada, onde os 967 judeus remanescentes, para não se entregarem aos romanos, cometeram suicídio coletivo. Entre os Vikings a crença era de que somente aqueles que morressem violentamente entrariam no reino dos deuses, por eles chamado de Valhalla. A maior honra era morrer em combate, ou então através do suicídio. Outro exemplo marcante foi o dos pilotos japoneses conhecidos como Kamikazes, que durante a 2ª. Guerra mundial se lançavam com seus aviões repletos de bombas sobre os navios inimigos. E, nos dias atuais tem-se o trágico exemplo dos fanáticos muçulmanos, que se vestem com coletes ou cintos cheios de dinamite para, juntos, explodirem locais com multidões de judeus ou de outros povos considerados seus inimigos. O mais dramático desses, aconteceu no dia 11 de setembro de 2001, quando um grupo de fanáticos islâmicos se lançou em dois aviões Boeing 767 repletos de passageiros, sobre as chamadas torres gêmeas, em Nova York, destruindo-as e a outros prédios, matando um total de 2.753 pessoas.

g) Políticos = São diferentes dos denominados heroicos porque o objetivo desses suicidas não é o de causar danos a outrem, mas sim de chamar a atenção das autoridades e da imprensa mundial sobre algum fato político ou administrativo, com os quais discordam radicalmente. Exemplo disso foram os monges budistas tibetanos que, em anos passados se imolaram em praça pública, colocando fogo em suas vestes, protestando contra a ocupação chinesa de sua pátria. Anos depois esse mesmo fato se repetiu com ativistas vietnamitas.

h) Altruísta = Quando alguém, buscando salvar uma ou mais pessoas, coloca-se em grave risco de morte. Exemplos deste fato aconteceram em campos de concentração nazistas, onde alguns prisioneiros se dispunham a substituir outras pessoas diante de um pelotão de fuzilamento ou nas câmaras de gases. Entre eles, ficou conhecida a história do Frei Maximiliano Kolbe que, no campo de Auschwitz se ofereceu para morrer no lugar de Frank Gajowniczek, justificando-se ao comandante nazista que, sendo ele padre, era sozinho, enquanto Frank tinha mulher e filhos.

i) Ético = No Japão, originado entre os samurais, existe um Código de Ética denominado BUSHIDO, que significa o caminho dos guerreiros. Ele surgiu em torno do ano 1.000, determinando que uma pessoa daquele grupo, se caísse em desgraça moral, ou se fosse para evitar sua prisão, deveria se imolar, geralmente com um golpe de espada no abdômen, cumprindo um ritual denominado HARAKIRI. No Camboja, entre nativos do Dahomey e entre os índios do Alabama, nos EEUU, encontramos comportamentos semelhantes. Entre os gregos antigos, o suicídio ético era admitido sem muita crítica. Bem diferente de hoje quando, pela moderna sociedade ocidental, o suicídio é entendido como um problema de ordem psiquiátrica. Em épocas passadas, já foi considerado crime judicialmente punível, quando o autor sobrevivia. No Brasil, pelo Código Penal de 1940, seu artigo 122 considera crime passível de punição somente o induzir ou instigar alguém a suicidar-se ou prestar-lhe auxílio para que o faça.

j) **Religiosos** = São os cometidos por pessoas que, para não renegarem a sua fé, entregam-se à tortura e à morte. Aconteciam aos milhares, nos primeiros séculos d.C., quando os imperadores romanos decretavam perseguições cruéis aos convertidos ao cristianismo. São os denominados Mártires da Igreja Cristã. Contudo, Santo Agostinho questionava: "Deve-se suicidar para não pecar?" Sem dúvida é um questionamento de difícil resposta, pois sendo criados à imagem e semelhança de Deus, suicidar-se seria uma espécie de agressão ao próprio Deus.

Por outro lado, conforme relata George Howe Colt em seu livro *O enigma do suicídio*, é extremamente curioso que na Bíblia, nem no Antigo nem no Novo Testamento, exista referência direta, condenando o suicídio. Segundo Alvarez, autor do livro *O Deus Selvagem*, até o século sexto havia um número significativo de suicídios com justificativa religiosa, considerando-se que este mundo seria um vale de lágrimas e sofrimentos, o que justificaria abandoná-lo em busca do gozo do paraíso. Foi então que a Igreja mudou sua atitude em relação ao autoextermínio, apontando-o como um pecado mortal. Desde então, tanto as religiões cristãs quanto o judaísmo passaram a considerar o suicídio como uma afronta aos planos de Deus. Ainda hoje, apesar de várias mudanças ocorridas dentro do Catolicismo, como será visto, muitas religiões ditas cristãs, permanecem com a condenação radical do suicida. No Kardecismo, que apesar de se dizer uma religião cristã, na realidade não pode ser considerada como tal, uma vez que rejeitam os princípios básicos do cristianismo, principalmente a vida única sem reencarnação, a ressurreição, e a redenção definitiva de Cristo, a condenação ao suicídio é extremamente radical, afirmando que os suicidas padecem sofrimentos horríveis numa outra dimensão. O que, sem dúvida ocasiona enormes sofrimentos aos familiares de alguém que fez a opção de se matar. No final deste livro falaremos um pouco sobre isso.

k) Resolutivo ou Anômico (Durkheim) = Este é o suicídio mais comum em nosso meio. A pessoa se mata para fugir de uma situação que lhe é extremamente cruel e lhe causa enorme sofrimento. Ou então, para conseguir uma "Renovação Pessoal". A palavra *anômico* significa aquilo que resulta de desorganização ou que resulta de um desvio das leis naturais. Resolutivo se refere ao objetivo que aparentemente motivou o suicida a resolver uma situação que já não conseguia suportar, nem lidar com ela.

Nesse caso pode-se dizer que a pessoa mira um alvo, que é a sua autoimagem, porém atinge outro, que é ela própria. O que, na realidade não era o que desejava.

Para melhor compreender esta colocação, é necessário que se conceitue aquilo que entendemos por autoimagem. Todos nós temos uma imagem de nós mesmos. Ou podemos idealizar uma para determinada pessoa.

Para melhor explicar, imagine-se um professor que dá magníficas aulas. Nelas, transmite valores éticos que fascinam os seus alunos. Cria-se então, para ele, a imagem de um grande homem, alguém que serve de modelo e constante exemplo de vida. Um dia ele é surpreendido numa atitude totalmente oposta a tudo aquilo que ensina. Aquela sua imagem que havia sido criada por seus alunos, desaba totalmente. Já não há como acreditar naquilo que defende e ensina. Outro exemplo é o de uma pessoa que passa, aos seus conhecidos, a imagem de covarde. Chegam até a ter sentimento de desprezo por ela. Certo dia acontece uma situação de crise, e aquela pessoa coloca em risco a sua própria vida, para ajudar a outra. A imagem que se tinha dela, de "covarde", cai por terra diante de sua atitude altruísta.

São dois exemplos distintos, que nos mostram como a imagem que fazemos de alguém pode ser inteiramente falsa, fruto apenas de nossas expectativas, de nossas fantasias e julgamentos. Aliás, essa é uma coisa que gostamos muito de fazer em relação a tudo, e a todos: prejulgar!

Nestes dois exemplos utilizados, encontramos o que é chamado de *heteroimagem*. Ou seja, uma imagem que projetamos em alguém e que, necessariamente não corresponde àquela pessoa. Imagem que é fruto de nossas expectativas, quase sempre resultando em decepções ou desagradáveis injustiças.

Contudo, essa imagem pode ser a que fazemos de nós mesmos, e por isso é denominada de *autoimagem*. Algumas vezes ela é fruto de uma educação muito severa dos pais que, durante o tempo de infância dos seus filhos, viviam repreendendo-os com colocações do tipo: "você é muito burro!", "você é preguiçoso demais!" ou coisas semelhantes. De tanto ouvir tais afirmativas, a criança pode introjetar aqueles conceitos e, na vida adulta, tornar-se realmente preguiçosa ou muito lenta para aprender as coisas.

O oposto também acontece, quando crianças são mimadas demais, deixadas demasiadamente livres para fazer o que quiserem. Elas poderão, na vida adulta, se tornar prepotentes, rebeldes, incapazes de lidar com frustrações. Nesses casos, teremos uma *autoimagem* artificialmente formada. Um retrato que a pessoa faz de si própria, e que nem sempre é real, acabando por levá-la a acreditar que ela é aquela pessoa virtual, construída por opiniões alheias, e depois reforçada e agravada por suas próprias opiniões.

Essa autoimagem, que tanto pode ser positiva como negativa é, muitas vezes alimentada ou corrigida durante o desenvolvimento da pessoa. Se ela continuar recebendo o mesmo tipo de estímulos ou tratamento que desenvolveu aquela sua personalidade, com certeza ela irá se acentuando e, quando for negativa, criará situações que tornarão a pessoa extremamente infeliz.

Contudo, há que se ressaltar que não é somente uma educação vinda dos pais, a formadora da autoimagem. No decorrer da vida de uma pessoa ela será submetida a situações de constantes estímulos, positivos e ou negativos, que irão hipertrofiando ou atrofiando a sua autoimagem, de acordo com a sua personalidade genética (que não é determinante, mas contribuinte).

Alguém que em seu trabalho procura realizar tudo o que faz da melhor maneira possível, geralmente recebe muitos elogios por isso. Dependendo de como os recebe e como lida com eles, a sua autoimagem poderá ir-se alterando, muitas vezes de modo negativo para si mesmo. Para melhor entendimento, é necessário saber-se que toda autoimagem se alimenta, essencialmente da nossa autoestima. Quanto mais alguém permite que a sua autoimagem cresça e a domine, mais permitirá que a sua autoestima se consuma, até ser totalmente destruída. Neste momento estará o grande risco do suicídio.

Já aquela pessoa que procura desempenhar bem o seu papel, contudo recebe os elogios com absoluta naturalidade, tendo uma autoestima bem sedimentada com certeza irá agradecer a esses elogios, mas não permitindo que eles modifiquem o seu modo de ser e de viver. Caso contrário irá se envaidecer pelo que escuta, e tentará mostrar sempre, que é capaz de fazer ainda melhor. Se for pontual em sua chegada ao serviço, passará a chegar um pouco mais cedo e talvez saia um pouco mais tarde. Tudo isso em detrimento do seu conforto pessoal, de sua felicidade, e em detrimento de sua autoestima. Quanto mais for elogiada, não sendo capaz de assimilar adequadamente esses elogios, aumentará cada vez mais a sua carga de trabalho, buscando exceder às expectativas que fazem a seu respeito. Com isso prejudicará a sua vida pessoal, o seu descanso, o seu lazer e, quem sabe, até mesmo a sua vida familiar. Sua autoestima cada vez se reduzirá mais, sua vida acabará por se tornar insuportável. Será como um balão que vai sendo cheio de ar até explodir.

Para que fique bem marcado, repetimos que a nossa autoimagem se alimenta essencialmente de nossa autoestima. Quanto mais autoimagem, menos autoestima. E isso vale tanto para uma autoimagem positiva quanto para uma negativa. Quem se considera um fracassado, com certeza o será. E quem se julga um fracassado, dificilmente terá algum resto de autoestima, passando a não dar valor algum à sua vida.

Com esse conceito de autoimagem, e sua relação com a autoestima, podemos entender melhor a questão do suicídio resolutivo ou anômico.

Uma pessoa que está mergulhada em baixa autoestima, decorrente de uma autoimagem totalmente destroçada, indesejável, pode chegar a um ponto de insatisfação tal que lhe faça tomar a decisão de destruí-la, para parar de sofrer. Se ainda for capaz de uma reflexão mais equilibrada, com certeza irá procurar ajuda com um terapeuta competente e ele poderá ajudá-la a encontrar caminhos para reforçar sua autoestima, remodelando a sua autoimagem. Contudo, infelizmente estas pessoas se sentem tão confusas que não conseguem encontrar uma saída para o mal-estar em que se encontram. E, o que é pior, pode procurar ajuda, porém fazendo-o de modo inadequado, ou sendo infelizes na sua escolha, não conseguindo o verdadeiro apoio de que necessitam. Muitas vezes recorrem a métodos heterodoxos, a sistemas pretensamente mágicos, a ajudas sobrenaturais – e o mercado está cheio de charlatães e de falsos recursos terapêuticos à disposição, desde que se pague um bom preço – mergulhando, com isso, cada vez mais no sofrimento e na desesperança que lhes poderão ser fatais.

Outras vezes, buscam saídas ainda menos apropriadas. Começam com o uso de drogas, que podem ir do álcool aos tranquilizantes, chegando até aos produtos mais destrutivos como a maconha, cocaína, heroína. Felizmente essa última é mais rara em nosso país, devido ao seu custo elevado, pois seu efeito é devastador. Contudo, em seu lugar está o *crack*, bem mais barato e tão ou mais destrutivo quanto a heroína.

Obviamente que, nestes caminhos jamais encontrará uma resposta ou saída para os seus conflitos, que se tornarão cada vez mais acentuados. Chegará um momento em que a pessoa, com o seu consciente bastante deteriorado, deixará de fazer a distinção clara entre o que é real e o que são as suas fantasias, entre a autoimagem que agora lhe domina, e a sua própria realidade. Revoltada contra essa autoimagem que rejeita, buscará destruí-la e, ao fazê-lo, destruirá a si própria.

Portanto, nesses casos pode-se dizer, com muita certeza, que a pessoa não queria matar a si própria, mas àquela autoimagem que a fazia sofrer e que ela confundia consigo mesma. E por isso, acabou se matando. Daí o nome de suicídio resolutivo. Em busca de uma resolução para o seu drama, destrói o personagem virtual que ocupou o seu lugar, destruindo a si mesma.

Foi através desse conhecimento mais profundo da personalidade do suicida que alguns comportamentos foram mudados, especialmente dentro da Igreja Católica, que até então não permitia atos religiosos para os suicidas, na errônea concepção de que cometiam o supremo pecado de ir contra o plano de Deus para elas mesmas, contra a imagem de Deus, à qual fomos todos criados. Chegava-se ao ponto de não ser permitido o sepultamento de um suicida, na parte abençoada dos cemitérios. Para eles havia uma área separada, que não fora abençoada. Tudo isso trazia enorme sofrimento para os seus familiares que, além do grande sentimento de culpa que geralmente desenvolviam, acreditando terem sido incapazes de impedir aquela situação, ainda conviviam com a ideia de que aquela pessoa querida estava irremediavelmente perdida, condenada aos piores sofrimentos eternos!

Felizmente, evoluindo a compreensão do psiquismo do ser humano, tudo isso foi mudado, não havendo mais qualquer interdição da Igreja Católica às exéquias de quem suicidou. Esse peso foi retirado das famílias, especialmente porque a figura de um Deus justiceiro e punitivo foi substituída pela figura verdadeira de um Deus que é amor e misericórdia, capaz de acolher e entender infinitamente melhor as suas criaturas. Muito mais do que nós mesmos, que estamos sempre de dedo em riste, prontos a julgar e condenar.

Ainda do ponto de vista histórico, complementamos alguns aspectos que são importantes e devem ser considerados:

Na Europa, mais especificamente na Inglaterra e França, do século XVII até 1961 o suicídio era considerado algo abominável e, por isso mesmo, um crime, passível de julgamento e condenação.

Em 1879, o professor de medicina psicológica Henry Morselli deslocou o foco das razões suicidas, do indivíduo para a sociedade, da moral para o social. E em 1897, Emile Durkheim desenvolveu um dos trabalhos mais importantes a respeito deste tema, sob o título: *O Suicídio: estudo sociológico*. Nele solidificou o caráter "psicológico" do suicídio, excluindo o "religioso". Com esse seu estudo, criou o que se pode chamar de uma nova ciência: a SUICIDOLOGIA.

Desde os estudos de Durkheim, muito se tem buscado e conseguido explicar neste campo ainda tão cheio de mistérios. Contudo, até hoje se pode afirmar que, para os familiares de um suicida, dificilmente teremos uma resposta definitiva, absolutamente satisfatória, para explicar a opção radical de seu ente querido, seu ato extremo.

Afinal, o instinto de preservação da vida sempre nos parece muito maior e mais forte do que a pulsão da morte. No suicídio, esta relação pode, surpreendentemente, ser totalmente invertida.

3 Dados estatísticos

Em estudos publicados no JAMA 2005:294(16), calcula-se que ocorreram 877.000 mortes por suicídio no mundo inteiro. Nos paises do Leste Europeu constataram 27 suicídios por 100.000 habitantes. Nos EUA, foram 11 por 100.000 habitantes e na América Latina e países muçulmanos, 6,5 por 100.000 habitantes.

Como se pode verificar, são nos países nórdicos onde as taxas de suicídio são mais altas. Na Finlândia, 29,2 pessoas por 100.000 habitantes. Na Dinamarca,

21, 4, na Suécia 18 e na Noruega, 15,5. A Hungria foi, porém, numa determinada época, o país de mais alto índice de suicídios: 40 pessoas em cada 100.000. No Brasil nesta mesma época, o índice foi relativamente baixo: 5,3 por 100.000 habitantes. Contudo, em São Paulo, no ano de 2.002 o suicídio foi a 4ª maior causa de morte entre jovens na faixa de 10 a 24 anos de idade. Em todo o Brasil, no ano de 2017, o suicídio, na faixa etária de 15 a 24 anos continuou sendo a 4ª maior causa de mortalidade. Dados sem dúvida bastante assustadores.

Conforme dados do Ministério da Saúde, em 2016 o número de suicídios consumados no Brasil passou dos 5,3 acima referidos, para 6 em cada 100.000 habitantes. Em 2015 foram 11.178 casos, passando para 11.433 em 2016. Desses, o índice foi de 9,2 masculinos e 2,4 femininos, por 100 mil habitantes. O maior índice, por faixa etária, ocorreu entre pessoas com mais de 70 anos de idade.

Em 2019, nova publicação da Organização Mundial da Saúde (OMS), atualizou suas estatísticas, apontando que naquele ano a cada 40 segundos uma pessoa cometeu suicídio no mundo, sendo essa a segunda maior causa de morte entre pessoas de 15 a 29 anos de idade. No Brasil, constatou-se que, por dia 32 brasileiros tiraram a própria vida, o que corresponde a uma pessoa a cada 45 minutos.

Quanto aos meios de suicídio, 60% foram por enforcamento, 18% por envenenamento, 10% por arma de fogo e 10% por outros meios.

Já as tentativas incompletas, 57,6% foi por envenenamento, 6,5% por objetos perfurocortantes e 5,8% por enforcamento.

Com relação às profissões, o suicídio é bastante comum entre médicos, policiais e jornalistas. Talvez pela natureza de seu trabalho, sempre envolvidos com situações extremamente estressantes, de dor e sofrimento. Para os médicos ocorre um fato agravante: o maior conhecimento das drogas e da anatomia, acrescido ao fácil acesso aos meios mais eficientes para o autoextermínio.

Diante desses números, e considerando que no dia 10 de setembro celebra-se o Dia Mundial da Prevenção do Suicídio, instituiu-se a campanha Setembro Amarelo, dedicada à prevenção do suicídio em todo o planeta.

Sabe-se que estas estatísticas são relativamente incompletas já que é comum, quando possível, as pessoas ocultarem a causa mortis, especialmente quando se trata de suicídio.

Também a imprensa – e isso acontece especialmente no Brasil – tem um pacto ético de não noticiar todos os suicídios que acontecem. Essa foi uma ótima decisão, pois a notícia de suicídio, de certa forma funciona como estímulo para outras pessoas assumirem comportamento idêntico. Registre-se que essa decisão ocorreu há cerca de 60 anos, por sugestão de um jornalista mineiro, observando o aumento de suicídios, após amplo noticiário sobre algum acontecido.

A partir do momento em que isso passou a ser respeitado, observou-se uma queda significativa no número de suicídios e de tentativas de suicídio, no país. Infelizmente, hoje alguns profissionais da área defendem o direito de amplo noticiário de tudo o que acontece, em razão do que chamam de "liberdade de imprensa". Todavia, é muito importante que, nesse assunto, como em qualquer outro, o conceito de liberdade seja bem entendido como algo que não é absoluto, mas relativo, pois tudo está sujeito às normas éticas, e às consequências que provoca.

Utilizando ainda os dados estatísticos americanos, é curioso observar-se que, em época de depressão, talvez por ocorrer um maior isolamento e solidão das pessoas, o índice de suicídios foi de 17,5 pessoas em cada 100.000. Já em períodos de guerra, talvez por um sentimento de maior união e autodefesa, este índice caiu para 10,0 pessoas entre 100.000.

Outro detalhe curioso é que, entre pessoas mais pobres, talvez por serem mais unidas e mais solidárias em suas penúrias, o índice de suicídio é razoavelmente menor do que entre pessoas ricas, geralmente mais autossuficientes, mais apegadas ao que acreditam possuir, e também mais propensas ao isolamento. Ainda que socialmente pareçam ser muito unidas.

Finalmente, um dado interessante se refere à diferença entre idosos e jovens. Entre pessoas mais novas, são bem mais comuns as "tentativas", quase sempre sem sucesso. Talvez por não existir uma decisão autêntica de se matar, e sim a busca de algum tipo de chantagem emocional. Já entre os idosos, pessoas entre 55 e 65 anos de idade, o suicídio cometido com precisão e consumado, é bem mais frequente.

Um dado assustador tem sido observado nos dias atuais: o aumento de suicídio entre crianças e adolescentes, causando uma enorme preocupação para os pesquisadores.

Geralmente ocorrem com crianças, vítimas de abuso sexual, ou então entre aquelas abandonadas pelos seus pais. Em época tão competitiva como a que se vive atualmente, pais e mães se sentem motivados ou necessitados a buscar maior realização profissional e financeira, levando-os a deixar seus filhos pequenos, aos cuidados de babás, creches ou escolinhas. Verifica-se também que essas instituições recebem, a cada dia, crianças mais novas. Assim é de se compreender o sentimento de abandono e vazio que muitas destas crianças acabam sofrendo. Acreditando-se não amadas, e até mesmo desesperançadas de terem os seus pais mais presentes, algumas chegam a recorrer ao autoextermínio.

Essa situação, além de gerar sentimentos de culpa, causando mais sofrimentos para os que ficam, deve também, e de modo muito especial, levar à sociedade a uma profunda reflexão sobre o que realmente as pessoas pretendem para si mesmas, e, sobretudo para os seus filhos. Quais os seus objetivos, e qual o sentido de vida que se tem. Qual o verdadeiro significado de "sucesso" e de "fracasso" para cada um.

Talvez essa reflexão que já vem acontecendo, ainda que discretamente, possa explicar o aumento significativo de casais que não querem ter filhos, ou ainda pessoas que, simplesmente se recusam a constituir qualquer tipo de família, preferindo viver só, mantendo relacionamentos eventuais e sem qualquer compromisso. Parece-nos que a emenda está ficando pior do que o soneto.

Portanto, são situações que levam a inúmeros desdobramentos para estudos sociológicos e psicológicos. Mas que não cabem ser detalhadas neste volume.

II
Tipos de suicídio

Apesar de considerarmos o suicídio como procedimento único, existem diversas situações que sugerem diferentes tipos de suicídio. São elas:

1) **MICRO-SUICÍDIO** – Dá-se este nome ao autolesionamento realizado por algumas pessoas, talvez por lhes faltar a coragem ou a decisão de se matar. Provocam ferimentos em si mesmas, quase sempre sem maiores riscos para a sua vida, porém com uma frequência acima de qualquer possibilidade de serem admitidas como acidentais. Com isso tentam chamar a atenção dos que a cercam, em busca de algum tipo de piedade. Esperam assim receber a atenção, a assistência, e o conforto de que se sentem carentes. Somados os muitos autolesionamentos, pode acontecer uma intercorrência ou uma situação em que o micro-suicídio venha a se tornar um ato efetivo. Sendo assim, pessoas que apresentam este tipo de comportamento, necessitam urgentemente de cuidados específicos.

2) **EQUIVALENTES SUICIDAS** – Há pessoas que não querem se matar, ou, pelo menos não pretendem

fazê-lo de uma vez. Contudo, assumem atitudes ou formas de vida que lhes proporcionam situações bem próximas de um autoextermínio. De certa forma pode-se dizer que esse é o seu desejo, todavia sem querer assumir a responsabilidade direta de fazê-lo. Outras, talvez, não queiram morrer, porém dão muito pouco valor à vida, e não se dispõem a lutar por ela, pela melhora de sua qualidade de viver. Exemplos disso são as que assumem vícios e não se empenham, genuinamente, em superá-los, admitindo que o prazer anômalo que os vícios lhes proporcionam, lhes bastam. Alguns destes vícios são socialmente aceitáveis, como o tabagismo e o alcoolismo, desde que em determinadas graduações. Muitas reconhecem o mal que o cigarro lhes fazem, outras sabem ser exagerado o tanto que estão bebendo, contudo permanecem nesses comportamentos, recusando-se a buscar ajuda específica para deixarem tais vícios. De certa forma pode-se considerar que estas pessoas estão desinteressadas pela vida, justificando seu comportamento pelo prazer anômalo que seus vícios lhes proporcionam. Contudo, intimamente reconhecem o paradoxo vivencial em que se encontram.

Outra forma de "equivalente suicida" é o arriscar-se no que chamam de "buscar adrenalina". A pessoa sabe que determinado comportamento envolve grandes riscos, expondo-lhe a reais condições de perigo e de morte, mas ainda assim o faz. Muitas vezes como um desafio tipo: "Viram? Fiz, e nada de mal me aconteceu!" Contudo, no seu eu mais profundo sabe muito bem que colocou sua vida em perigo, e mesmo assim, o fez. Até mesmo os chamados esportes radicais podem se transformar num equivalente suicida. Assumindo um comportamento socialmente aceito, muitas vezes sendo até admirado pelos que não têm coragem de praticá-lo, a pessoa se expõe a uma real possibilidade de morrer, e isso talvez é o que deseja, porém em condições que jamais serão consideradas suicida, podendo até mesmo lhe render status de herói ou heroína, ainda que ocorra uma fatalidade. Essa é uma situação paradoxal, em que a pessoa busca ser admirada, porque lhe falta a atenção que precisa, mas, ao mesmo tempo busca a morte para acabar com o seu sofrimento por não se sentir aceita ou acolhida.

3) **REAL** – É o suicídio propriamente dito, aquele em que a pessoa quer realmente se matar. São quatro grupos diferentes:

DIRETO – A ação é objetiva e praticada pela própria pessoa.

INDIRETO – A ação é "compartilhada", tendo a ajuda de alguém.

ENDÓGENO – Quando faz um "bloqueio" de suas defesas internas.

INDUZIDO – Quando ocorre algum tipo de lavagem cerebral.

Vejamos cada um deles.

a) DIRETO – É aquele em que a pessoa toma uma atitude pessoal e direta contra si mesma. Um tiro na cabeça, tomar veneno ou uma dose exagerada de medicamento, colocar fogo em seu próprio corpo, saltar de um edifício muito alto, etc.

Sem dúvida é o mais traumático de todos, especialmente para os seus familiares. Ainda mais quando sua atitude resulta em graves lesões corporais, como o colocar fogo em seu próprio corpo ou saltar de um edifício.

Um dos muitos problemas do suicídio direto é o alto índice de insucesso, se é que podemos dizer assim. Muitas pessoas tomam medicamentos inadequados, ou doses insuficientes, trazendo-lhe transtornos graves, às vezes bem piores do que os problemas que a levaram a tomar aquela atitude. Muitas vezes um tempo prolongado em UTIs, outras vezes sequelas irrecuperáveis e deficiências funcionais definitivas. Houve uma época em que a ingestão de soda cáustica era uma das formas mais comuns para a tentativa de suicídio. Raramente, porém, essas pessoas morriam, mas sofriam gravíssimas queimaduras no esôfago, que ao cicatrizar ficava bastante estreitado. A partir daí, essas pessoas só conseguiam ingerir líquidos, e tinham que fazer constantes dilatações esofágicas, um procedimento extremamente desconfortável. Felizmente já quase não se vê situações como essa. Entretanto, também as armas de fogo, o atear fogo no próprio corpo, e saltar de edifícios, podem trazer graves consequências. Quando não produzem o objetivo fatal, deixam lesões graves e muitas mutilações. Se antes essas pessoas se sentiam infelizes, agora terão que conviver com problemas e sofrimentos muito maiores.

Somava-se a isso, o fato de que, até 2019, quando entrou em vigor a Lei 13.819, os seguros e os planos de saúde não davam cobertura a tratamento por tentativas de suicídio. Hoje, na saúde suplementar a preocupação com as doenças mentais é crescente. O Rol de Procedimentos da ANS (Agência Nacional de Saúde Suplementar) determina cobertura obrigatória para consultas médicas em número ilimitado, inclusive em psiquiatria, internação hospitalar, atendimento e acompanhamento em hospital-dia psiquiátrico, consulta com psicólogo e com terapeuta ocupacional, e sessões de psicoterapia.

Anteriormente, quando a família possuía algum recurso, muitas vezes era obrigada a fazer gastos enormes, desequilibrando totalmente as suas finanças. Se não tinha, era obrigada a deixar a pessoa querida, nesse momento tão difícil, em hospitais públicos, onde a companhia de familiares era restrita a poucas visitas. De certo modo, isso não era de todo ruim, pois muitas vezes fazia com que a pessoa que tentou se matar vivenciasse uma situação de privação e dificuldades que podia levá-la a uma maior reflexão sobre o que fez. De qualquer forma, até hoje muitos problemas ainda surgem para a família, diante da tentativa de suicídio de um dos seus membros, sendo o financeiro, um dos menores, ainda que bastante grave. Por isso, é muito importante que a família tome todas as precauções para não assumir sentimentos de culpa, caso não possa manter aquela pessoa em instalações mais confortáveis, ou lhe proporcionar melhores cuidados.

Lamentavelmente uma parcela da sociedade, especialmente alguns intelectuais, defendem que a pessoa é dona de sua vida e que, por isso, ela tem o direito de se matar. Inclusive já foram editados livros ensinando o comportamento certo para quem quiser suicidar, sem o risco de ocorrer falhas no seu autoextermínio. Sem dúvida alguma, não concordamos com tal pensamento e muito menos com a publicação de tais livros, que reputamos como absurdos e oportunistas, somente servindo para proporcionar lucro aos seus autores.

Uma pessoa que pensa em se matar está muito mais necessitada de apoio, de ajuda adequada e assistência, do que de fórmulas infalíveis para morrer.

b) INDIRETO – Pode-se incluir neste grupo, o chamado "suicídio assistido", que hoje ocupa boa parte do noticiário internacional, uma vez que alguns países, como a Holanda, aprovaram legislação específica, autorizando-o.

O suicídio indireto não deixa de ser uma variante da EUTANÁSIA.

Apenas para ficar bem definido: o suicídio indireto é aquele no qual uma pessoa, sofrendo de alguma doença incurável, faz uma opção consciente – por isso é indispensável que esteja lúcida e em plena capacidade de tomar decisões – de terminar com a sua vida. Uma série de procedimentos médicos, psicológicos e legais se segue à decisão do paciente e, uma vez cumpridos corretamente e bem documentados, é fornecido ao paciente, ou lhe é administrado, um conjunto de medicamentos capazes de sedá-lo e em seguida interromper suas atividades vitais. Numa palavra mais objetiva, sem eufemismo e hipocrisia, matá-lo.

Nesse campo ficou famoso um determinado médico americano cuja atividade proporcionou-lhe, inclusive, a triste alcunha de "dr. Morte". O mais complicado de tudo isso, segundo notícias publicadas, é que em alguns de seus pacientes, aos serem necropsiados não apresentavam nenhuma alteração que apontasse para uma doença em fase terminal. Além disso, nos processos a que foi submetido, descobriu-se que vários desses "clientes" haviam deixado razoáveis fortunas como herança para o referido doutor. Verdade ou não, esse é um campo com muitas areias movediças, não tendo qualquer respaldo ético.

Aqui cabe uma pequena observação esclarecedora. Hoje é legal e ético, suspender-se tratamentos exagerados e sabidamente ineficientes, de pacientes cuja doença esteja bem identificada, e sua incurabilidade pelos recursos atuais bem definida. Uma vez esgotadas todas as tentativas de tratamento curativo, e desde que o enfermo tenha manifestado previamente sua vontade, em documento válido e do conhecimento da família, o médico assistente pode suspender os tratamentos excessivos, substituindo-os por cuidados paliativos, permitindo que a evolução do processo patológico cumpra seu tempo sem retardamentos artificiais. Com isso, o enfermo poderá ter sua morte, já inevitável, sem dores, sem maiores sofrimentos, e prolongamento desnecessário dos mesmos. Enfim, deixar que a morte ocorra naturalmente. A esse procedimento, que nada tem a ver com a ilegal e antiética Eutanásia (que é a aplicação de medidas para diretamente causar a morte do paciente), dá-se o nome de Autanásia ou Ortotanásia. Que significam deixar a morte ocorrer naturalmente, com permanente acompanhamento médico. Portanto, não é o abandono do enfermo, tampouco uma forma de suicídio. E sendo assim, não é ilegal nem antiético.

c) ENDÓGENO – Esta é uma forma de suicídio que ainda não se encontra descrita nos livros clássicos a respeito do tema, mas que há alguns anos viemos observando e acompanhando alguns casos.

Sabemos que o nosso organismo tem mecanismos de defesa bastante eficientes, tanto que muitas doenças a que ficamos expostos ao seu contágio, não nos atingem. Um fato curioso, é que num grupo de pessoas que trabalham juntas, uma delas pode ser infectada por determinado microrganismo, e apesar da tão próxima convivência, nem todas adquirem a mesma doença. A gripe é um bom exemplo. Isso se explica facilmente pela diferença da capacidade de resistência das pessoas. Quem as tem mais frágeis, são as que se contagiam pela doença.

Mas esse fato indiscutível tem algumas variáveis. É conhecida a divisão freudiana de nossa mente em: consciente, subconsciente e inconsciente. Todavia consideramos inadequados esses nomes, uma vez que o prefixo "sub" se refere a inferior, mas o subconsciente não é inferior, em suas possibilidades, ao consciente. Por outro lado, a palavra inconsciente pressupõe alguém sem sentidos, no entanto o nosso inconsciente é o mais alerta e desperto de todos os três, não se "desligando" nem com a anestesia geral. Sendo assim, resolvemos adotar outra nomenclatura, denominando-os, respectivamente, de **consciente exterior**, **consciente interior** e **consciente profundo**. Também é importante saber que muito pouco se conhece de consciente profundo. Contudo, através da hipnose em estágio mais profundo, é possível estimular atividades dessa nossa parte pouco conhecida, e através de sugestões adequadas produzir até necroses de pele. Esse efeito é utilizado, por médicos hipnólogos, para eliminar verrugas sem cirurgia. Também é possível produzir queimaduras até de 2º grau sem nenhum contato de objetos aquecidos sobre a pele, e até mesmo reduzir sangramentos de pequenos vasos, contraindo-os temporariamente, pela sugestão. Tudo isso bem conhecido pelos profissionais que praticam a hipnose.

Ora, se tais fenômenos tipicamente físico-químicos podem ser provocados pela sugestão, também nosso sistema imunitário pode ser alterado por comando de nosso consciente profundo. Aí está a gênese do que chamamos de suicídio endógeno.

Dois exemplos desse fato facilitam a compreensão desse tipo de suicídio. Uma pessoa alcoolizada, dirigindo um carro, sofre um acidente e nele morre uma pessoa querida. Ele se sente culpado e não aceita qualquer ajuda psicoterapêutica. Julgando-se culpado, e de um crime tão grave, resolve – em seu consciente profundo – castigar-se pelo que se considera culpado. E por esse crime, acredita merecer a pena de morte. Seu consciente profundo produz então um bloqueio do sistema imunitário, e as células cancerosas que existem em qualquer pessoa, mas não se manifestam por estarem sob o controle desse mesmo sistema, passam a se multiplicar descontroladamente. Instala-se então, naquela pessoa que interiormente se condenou à morte, a doença fatal, levando-a rapidamente à morte. Inclusive tornando-o resistente a qualquer tratamento para a doença. É um caso típico de suicídio punitivo, produzido endogenamente. Ou seja, por seus mecanismos internos.

Acompanhei dois casos acontecidos com pacientes de cirurgia plástica estética. Os dois tinham histórias semelhantes, que só depois dos fatos ocorridos, seus médicos assistentes ficaram sabendo. Esses dois pacientes, sem qualquer relação um com o outro, haviam confidenciado para amigos que, por fortes razões pessoais, estavam sem qualquer motivação para continuar vivendo. E que iriam fazer cirurgia plástica, para ver se melhoravam. Apesar de todos os seus exames pré-operatórios estarem normais, durante, ou logo depois da cirurgia, apresentam uma evolução totalmente atípica, vindo a falecer.

A razão dessas mortes é praticamente idêntica a do caso anterior, só que agora aconteceram de uma forma aguda, produzida pelo bloqueio do seu consciente profundo, das reações normais do organismo a uma cirurgia.

Pode-se perguntar por que isso acontece com a cirurgia plástica. Explico: ela é uma especialidade onde é fácil encontrar-se alguma cirurgia a ser feita. Se procurasse um ortopedista para lhe cortar uma perna, ou um cirurgião geral para lhe tirar a vesícula, com certeza essas pessoas não conseguiriam a cirurgia, uma vez que inexistia indicação para elas.

Por esta razão há que se tomar muito cuidado com pessoas que afirmam "não ter mais razão alguma para continuar vivendo" e, mesmo assim procuram uma coisa tão própria do querer viver, como o é a cirurgia plástica.

d) INDUZIDO – Através de técnicas de lavagem cerebral ou de procedimentos que possam quebrar a vontade de uma pessoa, é possível levá-la ao suicídio. Um exemplo marcante na história brasileira foi a deplorável história do frei Tito de Alencar, frade dominicano preso no final de 1969, na época do governo militar. Barbaramente torturado pela equipe do Delegado Sérgio Fleury, no DOPS de São Paulo, acabou enforcando-se em agosto de 1974, em Paris, onde estava exilado. Toda a tortura a que foi submetido por um longo período, quebrou-o por dentro, como afirmou que o faria, um de seus torturadores, o capitão Albernaz. As convicções religiosas do Frei Tito, seu sentido de vida que o levou ao sacerdócio para se dedicar ao próximo, por amor, foram destroçados pelas violentas torturas que sofreu, acabando por deixá-lo incapaz de continuar vivendo. Sua morte foi um típico exemplo de suicídio induzido.

III
Prevenção do suicídio

Pode-se afirmar que a prevenção do suicídio é possível, pois estudos demonstram que cerca de 83% dos suicidas fizeram contato com um médico de assistência primária, dentro do ano prévio à sua morte, e 66% até um mês antes. Portanto, se houver um programa preventivo e de orientação adequada para esses médicos, muitas vidas poderão ser salvas.

Importante contribuição para isso foi a instituição do "Setembro Amarelo", mês destinado a ações e reflexões preventivas, inspirado pelo Dia Mundial da Prevenção do Suicídio, celebrado anualmente em 10 de setembro.

As intervenções para a prevenção do suicídio podem ser assim elencadas:

a) Educação e programas de prevenção – Que devem ser desenvolvidos, sobretudo nas escolas para orientação de jovens – onde ocorre um alto índice de suicídios – disponibilizando atendimento aos alunos com problemas, especialmente abordando questões como as expectativas de vida despropositadas, que muitos jovens apresentam. E salientar sempre a importância de buscar ajuda quando ela se fizer necessária.

Também entre profissionais da área de saúde, com orientação adequada sobre a ideação suicida, a importância da detecção de estados de desesperança, de pessimismo exacerbado, de quadros depressivos. Isso se faz necessário uma vez que os sintomas depressivos e as ideias de suicídio quase sempre são negligenciados.

b) Pesquisas de indivíduos considerados de alto risco – Será uma complementação do item anterior, buscando detectar numa comunidade, aquelas pessoas potencialmente suicidas. Deve-se saber e recordar sempre que as pessoas com mais de 65 anos de idade são mais propensas ao suicídio, pelo fato de serem mais vulneráveis às doenças, além de terem maiores prejuízos por causa delas. Por outro lado, são as mais predispostas a estados depressivos pela perda de suas possibilidades de trabalho, sem que se tenham preparado adequadamente para essa realidade. A tudo isso se soma as muitas perdas acumuladas ao longo da vida, exatamente pelo tempo de vida que tiveram. Especialmente a morte de parentes e amigos, alguns muito próximos a eles.

c) Farmacoterapia – Deve ser usada em casos bem indicados, porém tendo-se em conta que alguns medicamentos também podem ser utilizados para o autoextermínio. O ideal é nunca deixá-los em mais quantidade do que uma ou duas doses, facilmente ao alcance da pessoa em tratamento.

d) Psicoterapia – É recomendável, e até mesmo necessária, na maioria dos casos.

e) Seguimento psicológico de pessoas que tentaram suicídio – Quem fez uma tentativa, muitas vezes a repete. Mesmo aqueles que fazem apenas tentativas, uma hora podem exagerar na dose e alcançar o que talvez não estivesse realmente desejando.

f) Restrição ao acesso de armas letais – Quem está idealizando um suicídio, se tiver meios letais eficientes, e facilmente à mão, com certeza irá utilizá-los. Se em nenhuma circunstância, armas letais devem ficar facilmente alcançáveis, maior cuidado se deve ter onde vivem ou circulam pessoas com ideias suicidas.

g) Orientação para a mídia – É muito importante evitar-se a divulgação de suicídios. Em vários países – inclusive no Brasil – existe um acordo entre os meios de comunicação para se evitar a divulgação de suicídios, pois é sabido que, quando isso não é respeitado, logo em seguida outros suicídios costumam ocorrer. É como se um suicídio estimulasse a quem já cultiva esta ideia, a cometê-lo.

h) A depressão e outras condições psíquicas – A dor de uma depressão verdadeira e profunda é inimaginável por quem não a sofre, ou já a experimentou em tempos passados. A esquizofrenia, assim como certas desordens psicológicas graves, o alcoolismo, a dependência de drogas, tudo são fatores extremamente graves na gênese de um suicídio.

Também o medo de um sofrimento intenso em decorrência de uma doença incurável, as apreensões relacionadas a futuras dificuldades financeiras, o pavor de mutilações em função de tratamentos cirúrgicos radicais, tudo pode contribuir para uma decisão extrema que não nos cabe julgar, mas tentar compreender e aceitar, ainda que soframos intensamente com isso.

Nenhum sentimento é tão intensamente destrutivo quanto a desesperança. Mais do que a depressão, perder totalmente a esperança de qualquer saída para um problema de alta significância, pode ser simplesmente devastador.

Contudo, para os que ficam o mais importante é trabalhar para não assumirem sentimentos de culpa, questionando-se o que fez, ou deixou de fazer, para evitar que aquilo acontecesse. Muitas coisas só nos parecem evidentes depois que acontecem, depois de consumadas. Portanto, não há como querer prever o que quase sempre é imprevisível. Especialmente para quem está profundamente envolvido em graves problemas, por vezes com a própria pessoa que veio a se matar.

Observadores à distância (amigos, companheiros de diversões ou de trabalho) muitas vezes são capazes de detectar sinais de anormalidade no comportamento de uma pessoa, mas, quem está no centro da tempestade, nem sempre consegue fazê-lo. Por isso mesmo, aos observadores, especialmente se não foram capazes de dar alguma ajuda efetiva para evitar a tragédia cabe, pelo menos, o respeito e a prudência de não julgarem quem lhes possa parecer ter sido omisso, especialmente os familiares. A esses, que estavam bem junto ao suicida, cabe a humildade de aceitar que foram impotentes para prevenir o que lhes era totalmente imprevisível, por mais óbvio que depois tudo possa lhes parecer.

Outro fato importante, diz respeito à própria pessoa possivelmente suicida. Muitas vezes ela age assim, procurando punir os que lhe rodeiam, e que não atendem aos seus caprichos. Suas tentativas de suicídio, que eventualmente podem terminar numa tragédia, não têm o objetivo específico de se matar, porém é o seu modo, obviamente absurdo, de intimidar ou castigar as pessoas com quem se relaciona. Geralmente os pais, o marido ou o amante, que não a atendem, ou a impedem de realizar seus desejos.

Entretanto, inteiramente voltada para seus problemas, ela não é capaz de perceber que essa tentativa é algo totalmente inadequado, pois, se a sua ação tiver sucesso – triste sucesso – ela não estará ali para ver o resultado de sua desejada punição. Além de poder acontecer que a pessoa que pretende castigar, não se sinta atingida, e assim, terá sido totalmente inócua a punição planejada. Em outras palavras, o castigo que pretendia ser grande, foi um fracasso, e ela – a suicida – terá perdido a própria vida. E se isso não acontecer, ainda correrá o risco de ficar com sequelas, mais ou menos graves, causando-lhe muito mais sofrimentos, e pelo resto da vida.

IV
Conhecendo melhor o suicídio

O suicídio é um ato carregado de preconceitos, dores, sentimentos ambíguos por parte dos que ficam e também repleto de mistérios.

É uma condição em que a pessoa confronta duas forças, talvez as mais poderosas dentro de si mesma: o instinto de viver e o medo de morrer. Pelo de viver, sabemos ter pessoas que, em risco de morte, triplicam suas forças, assumem comportamentos defensivos que em condições normais seriam incapazes de realizar. Depois, nem elas mesmas sabem explicar como os conseguiu. Entretanto, há também quem de forma surpreendente, e por uma motivação interior que só elas conhecem, superam todo o fortíssimo instinto de sobrevivência para executarem, contra si mesmas, o gesto fatal.

Sobre esse ato que sociólogos, psicólogos, médicos e religiosos se debruçam por toda uma vida buscando entender, sem lográ-lo inteiramente. Algumas considerações são importantes:

a) O SUICÍDIO É UM ASSUNTO PROIBIDO – Familiares evitam falar sobre ele, muitas vezes envergonhados, como se o suicida tivesse cometido algo indigno e que precisa ser rigorosamente ocultado. Por outro lado, o sentimento de culpa que geralmente desperta, explica também essa atitude. Contudo, pelo que já vimos essa conceituação quase sempre não tem fundamento, devendo ser combatida. Evidentemente não há razão para sair anunciando por todos os lados o que aconteceu, mas também não há porque ocultá-lo nem mentir sobre ele. Muito menos envergonhar-se dele.

b) DESPERTA SENTIMENTOS DE CULPA – Quase sempre, diante do suicídio de uma pessoa querida, surge a pergunta: "Por quê?!" E a consequência mais natural desse questionamento é a procura de um culpado, condição que quase sempre acaba sendo atribuída à própria família, ou a algum dos familiares. Ou porque deixaram de fazer algo que a pessoa desejava, ou porque não perceberam os sinais que ela estaria passando, do que pretendia fazer. Também por não se ter levado a sério as tentativas que aquela pessoa possa ter feito anteriormente, e buscar ajuda especializada. São razões para que surjam complexos de culpa, infelicitando pessoas ou toda a família, trazendo desavenças em seu seio.

Entretanto, numa análise cuidadosa e bem assistida, quase sempre se chega à conclusão de que não há culpados nessas situações. Ninguém que ama uma pessoa deseja a ela qualquer mal, tampouco negligencia diante de suas dificuldades e sofrimentos. Portanto, não se pode sem se deve culpar alguém por aquela morte. Ao contrário do questionamento "Por quê?", muito comum nessas situações, o mais adequado será perguntar "O que?" Ou seja, o que se pode fazer agora, já que tudo está consumado? Esse sim é um questionamento positivo, que leva as pessoas a caminharem para frente, em busca de alguma solução para o que aconteceu, ao invés de ficar remoendo o que não tem como mudar. Na vida, deve-se caminhar sempre para frente. Ficar parado é, na verdade, ficar para trás, pois tudo está sempre seguindo adiante. O pior será caminhar, deliberadamente, para trás.

c) TENTATIVA GERALMENTE É CENA. O REAL É REAL – Sabemos que muitas vezes as tentativas – algumas até simplórias como o cortar superficialmente os pulsos e correr em busca de socorro – são realmente chantagens emocionais. Contudo, não se deve considerá-las sistematicamente como tal. Quando nada, podem ser pedidos de socorro e de atenção, ainda que totalmente inadequados. Quando se lida com uma pessoa que simula situações de suicido, não se deve desqualificar o seu gesto, tampouco se deixar levar pelo pânico, permitindo que a sua chantagem emocional tenha algum sucesso.

Concordar com as exigências ou pretensões dessa pessoa, fazer concessões às vezes descabidas porque se fica com receio de que ela venha realmente a cometer um suicídio, é dar-lhe corda para que uma hora ela realmente se enforque.

Importante é verificar o que está acontecendo, qual o fato que a levou a tomar tal atitude. Se possível, procurar ajuda profissional. É importante repetir: uma encenação de suicídio quase sempre nada tem de real, contudo é um sinal de alerta que não pode ser desprezado.

d) PERDA DE RAZÃO PARA VIVER – Existem pessoas cuja forma de lidar com frustrações é a pior possível. Geralmente são aquelas que, em sua infância e juventude se habituaram a ganhar tudo o que queriam. Com isso, tornam-se incapazes de aceitar um não, de admitir a recusa para um desejo seu.

Qualquer frustração com que se defrontam, é motivo para acreditar que já não têm por que viver. Tais pessoas se beneficiarão muito se, fora da situação de crise, forem encaminhadas para um trabalho voluntário, onde possam ajudar quem apresenta reais limitações físicas ou psicológicas. Entretanto, não há como negar a dificuldade de fazê-las aceitar esse tipo de trabalho voluntário. Geralmente não são dadas a grandes esforços e gostam de viver sempre gozando de benefícios, e não batalhando por eles. Tanto que possuem suficientes argumentos para justificar a sua acomodação, às vezes até simulando indisposição, fraqueza ou intenso desânimo.

A ajuda profissional será de grande valia nestes casos, especialmente para os seus pais ou responsáveis, pois são eles que, quase sempre, lhes proporcionam e reforçam um estilo de vida totalmente incompatível com a realidade. Muitas vezes, até com a realidade familiar e econômica.

Uma criança, um adolescente que nunca recebe "não" de seus pais, com certeza terá enorme dificuldade para receber os constantes "nãos" que a vida nos impõe a todos.

e) DEPRESSÃO, ALCOOLISMO E DROGAS – Estados depressivos, se não tratados corretamente, são causas frequentes de suicídio. Pior ainda quando a depressão é acompanhada de um estado de desesperança. A depressão, nos dias atuais é bastante frequente, pois, além das causas genéticas já conhecidas, existe um fator extremamente desencadeante que é a desproporção entre ofertas, o desejo de pegá-las, e as reais possibilidades de fazê-lo.

Os meios de comunicação nos bombardeiam constantemente com ofertas de luxo, prazer e comodidades, todas elas à custa de equipamentos ou atitudes que custam bastante dinheiro. Quase sempre valores incompatíveis com a média do salário dos brasileiros. Mas, guardadas as proporções, isso também acontece em quase todos os países, mesmo nos chamados de Primeiro Mundo, e nos que um dia já foram tidos como comunistas. Essa situação gera expectativas muitas vezes frustrantes, desencadeando estados depressivos.

DURKHEIM, já citado, afirma que *"Comportamento criminal e suicida é consequência de uma sociedade desarmônica, desintegrativa e um ambiente familiar conflitivo"*. Situações que são facilmente constatáveis nos dias atuais. Quando ocorrem desavenças, desastres familiares, eles se transformam em importantes causadores de sentimentos de culpa e depressão.

Como alternativa para as frustrações socioeconômicas, muitos jovens – e também adultos – recorrem a caminhos aparentemente mais fáceis: o alcoolismo e o consumo de drogas. Nos momentos de alienação química, as frustrações são anestesiadas, e a realidade do dia a dia se torna em fantasias. Passado o efeito, voltam as frustrações, e novamente retornam às soluções aparentemente mágicas. Da experiência por curiosidade, para a dependência incontrolável, é apenas um passo. Se levarmos em conta as elevadas somas em dinheiro geradas pela comercialização das drogas ilícitas, veremos que sua oferta e procura se fazem com a maior facilidade, e lamentavelmente com dificílimo controle eficaz pelas autoridades, apesar de todo o seu esforço.

Sob o efeito do álcool ou das drogas, a pessoa perde seu autocontrole. Sua natural censura fica totalmente dopada, seus medos se desfazem, e uma ideia suicida, que poderia estar sendo bloqueada por esses meios, domina totalmente a pessoa, e o desastre será inevitável. Nesse estado, a possibilidade do suicídio acontecer sem qualquer falha é muito maior, pois será praticado sem qualquer receio ou hesitação.

Voltando à depressão, é preciso que os familiares de uma pessoa em tratamento, saibam que iniciar uma medicação adequada não significa, de forma alguma, que se pode despreocupar com aquela pessoa. Por vezes, quem está em depressão profunda, sequer tem forças para uma tentativa de autoextermínio. Melhorando o seu estado com o uso adequado de medicamentos, suas forças são restabelecidas, mas sem que o seu equilíbrio interior acompanhe essa evolução. Nessa condição, para desespero dos familiares podem acontecer suicídios, exatamente quando acreditavam que tudo estava controlado. É necessário que, além da medicação química – indispensável em casos de depressão – também haja um acompanhamento psicoterapêutico e uma assistência familiar cuidadosa, todavia sem ser ostensiva e opressora. Os cuidados de manter armas fora do alcance da pessoa, e o controle do uso de medicamentos, observando se estão sendo tomados corretamente, nas doses e horários certos, são essenciais.

f) CAUSAS GENÉTICAS – Uma discussão que ainda persiste é se existem causas genéticas para o suicídio. A experiência mostra que, numa família onde já ocorreram suicídios, outros podem acontecer. Contudo, não é somente por causas genéticas. Também a questão do exemplo se faz muito presente. Uma pessoa que está com motivações pessoais para um autoextermínio, tendo o exemplo de antepassados que seguiram essa via em busca de solução para seus problemas, poderá repetir o fato. Não porque existe um gene do suicídio, mas pela força que os exemplos têm.

V
Sinais de alerta e conceitos equivocados

1) Sinais de alerta

Nem todo depressivo é um suicida em potencial. Muitas vezes uma aparente depressão é apenas uma reação a situações passageiras, ou então um estado melancólico. Contudo, qualquer uma delas deve ser convenientemente tratada, sem precisar criar pânico na família.

Quando uma pessoa se apresenta deprimida, demasiadamente infeliz, desesperançosa, é importante observar se a esse quadro se soma alguns dos seguintes sinais:

a) Sucessivas falas sobre uma possível vontade de se matar;

b) Problemas constantes na escola, com grupo de amigos, ou mesmo com a polícia;

c) Afastamento dos amigos e ou da família;

d) Mudanças súbitas de personalidade e ou de comportamento;

e) Começar a se desfazer de coisas que possui, e das quais demonstrava gostar;
f) Súbita perda de interesse para com atividades sociais;
g) Surgimento de atitudes agressivas, que não costumava tomar;
h) Uma gravidez indesejada;
i) Uso abusivo de bebidas alcoólicas e ou de drogas;
j) Falta de adaptação ao término de relacionamento amoroso;
k) Obsessão por músicas, filmes ou literatura que abordem o suicídio;
l) Autoextermínio recente de uma pessoa próxima;
m) Tentativas anteriores de suicídio;

Se elas ocorrem, cuidados redobrados devem ser tomados, especialmente a procura de uma assistência psicoterapêutica.

2) Algumas ideias equivocadas sobre o suicídio

a) Pessoas que falam que vão suicidar, nunca o fazem. As estatísticas mostram que oito entre dez pessoas que tentaram suicídio, anunciaram antes que pretendiam cometê-lo.

b) O suicídio ocorre sem aviso prévio. Os mesmos estudos revelam que sempre existem sinais sugestivos de que aquilo pode vir a acontecer.

c) O suicida sempre quer morrer. Não é verdade. Muitas vezes o suicida tem uma terrível dúvida entre a vida e a morte. Por isso dão tantos sinais prévios, quase sempre em busca do socorro, que não sabem ou não conseguem expressar diretamente.

d) Quem tentou se matar uma vez, o fará sempre. Também não é verdade. Muitos "aprendem" a lição e não repetem este procedimento.

e) Melhora no tratamento antidepressivo de um provável suicida significa que o perigo já passou. Também isso não é correto. Às vezes, como já foi dito, a pessoa está tão desenergizada que nem matar a si mesmo consegue. Melhorando um pouco, ganha forças e realiza o seu intento.

f) O suicídio é mais frequente em determinada classe socioeconômica. Não é verdade. Tanto ricos como pobres tentam o suicídio igualmente. Entretanto, pessoas ricas e famosas, por "ser notícia", acabam aparecendo mais que os pobres e socialmente marginalizados. Suicídio de pobre não é notícia. Ele só ocupa os noticiários quando é assassinado. Especialmente de forma brutal.

g) Suicídio é um problema de família. Também é falso. O suicídio é uma questão especificamente pessoal. Necessariamente não significa que, se alguém já se matou numa família, outros irão segui-lo. Isso já foi visto quando falamos de causas genéticas.

h) Suicídio é coisa de doente mental. Não é verdade. Nem todo suicida tem problema mental. Pode ocorrer com pessoas sem qualquer doença mental, porém que se torna vítima de uma alteração psicoemocional momentânea.

VI
Condutas sugeridas para com o potencial suicida e seus familiares

a) Creio que existe uma fórmula mágica, e ela se resume nisso: ESCUTAR! ESCUTAR! ESCUTAR! Como estamos vivendo num mundo cada vez mais agitado, de distanciamento cada vez maior entre as pessoas, onde as comunicações eletrônicas substituem o contato pessoal, onde até as telefonistas de empresas, quando não são substituídas por gravações são treinadas como robôs, incapazes de manifestar algum sentimento em suas respostas estereotipadas. As pessoas mais sensíveis sofrem muito quando se sentem privadas de quem as escute. E escutar não é tomar aquela atitude ofegante de quem abriu um pequeno espaço para ouvir, mas já está ansioso para responder. Ou sair fora. Ouvir é utilizar a função fisiológica do ouvido, nosso órgão auditivo, enquanto escutar é estar consciente do que se está ouvindo. É assimilar cada palavra, cada pensamento, cada sentimento que o outro estiver expressando. É ter empatia, ao invés de piedade ou simpatia pelo outro.

Ouvir, todo mundo ouve, exceto os surdos. Mas, escutar, só quem realmente se dispõe a tal. Por isso afirmo que até os surdos escutam, mesmo não ouvindo.

Entenderemos isso melhor se compreendermos que piedade é "estar ao lado" do outro, simpatia é "se envolver" com o outro, mas, empatia é "entrar" no outro, é procurar sentir o que o outro sente, e por que está se sentindo assim. Só dessa maneira caminharemos juntos, de modo a proporcionar-lhe o apoio de que necessita. Desse modo estaremos procurando caminhar nas suas pegadas, e não criando nosso próprio caminho e querendo que ele nos siga. Todavia isso não significa que tenhamos de compactuar com ele, nem necessariamente concordar com tudo o que ele quer, pensa ou fala. Importante é procurar sentir o que o outro sente, porém preservando nosso próprio equilíbrio e serenidade para avaliar e conversar sobre os seus sentimentos.

b) Conversar, pessoal e tranquilamente, sobre o seu desejo de interromper sua própria vida. Esse é um corolário do que dissemos antes. Não há dúvida que uma conversa, mesmo por telefone pode ajudar muito. Sabemos dos enormes benefícios que algumas instituições prestam mantendo pessoas bem treinadas sempre prontas a atender a um chamado telefônico de alguém desesperado. Contudo, uma conversa pessoal, olhos nos olhos, mãos segurando mãos, corações em sintonia, se constitui no melhor caminho para dar suporte a essas pessoas. Entretanto, quem se propõe a fazê-lo deve estar bem preparado para tal, caso contrário causará mais danos do que ajuda.

Colocações repreensivas, conselhos paternais, por melhor que possam nos parecer, nesses momentos de angústia pouco ou nada valem, podendo até mesmo ser prejudiciais.

c) Algumas perguntas podem ajudar nessa conversa. Nunca como introdução para um contato pessoal, mas depois de já se ter percorrido um bom caminho de aproximação e acolhimento, especialmente quando se sente que tem um razoável grau de confiança do outro. Colocando-se genuinamente disponível para escutar, essas perguntas podem abrir novas portas: "Você está certo de que já terminou o seu viver?" "Você está certo de que não tem nenhum motivo para viver?" Perguntas como estas, colocadas cuidadosamente e escutando-se as respostas que virão, acolhendo-as com profunda empatia, proporcionarão ótimas oportunidades para tentar retirar aquela pessoa do fosso escuro em que se vê mergulhada.

d) Alguns temas podem ser trabalhados nessa conversa, dependendo da sensibilidade de quem atende, e da percepção acurada do momento em que pode fazer colocações do tipo: "Se é alguma mudança que você procura, com certeza não irá encontrá-la" (Geralmente o suicida se preocupa – paradoxalmente –

com as coisas deste mundo e com as relações humanas, e é exatamente isso que o pode estar levando ao suicídio). Trabalhando nessa área, é possível mudar o comportamento das pessoas que estão com este tipo de motivação.

Quando a pessoa está vivenciando uma das muitas crises naturais que acontecem em nossa vida, especialmente na transição de criança para jovem, de adolescente para adulto, conversar sobre "a necessidade de morrer a criança para nascer o adulto" pode ajudar bastante.

e) Um dos erros mais comuns do suicida é acreditar que "Há que se matar o sofrimento para renascer a felicidade". A partir daí, pode-se conversar sobre o sentido e até mesmo a importância do sofrimento na vida de todas as pessoas. Se na realidade de espaço e de tempo em que vivemos, houvesse somente a felicidade, isso seria tão monótono, cansativo e aborrecedor, que ninguém toleraria. É preciso que haja o escuro para que apreciemos a claridade. Somente quando experimentamos o barulho somos capazes de saborear o silêncio. Portanto, nessa condição em que vivemos, sofrimento e felicidade se complementam e o nosso trabalho deve ser sempre o de procurar superar o sofrimento, aprendendo com ele, e assim conseguindo degustar melhor os momentos de felicidade que tivermos.

f) Trabalhar o PERDÃO: Este talvez seja um dos pontos mais importantes. Precisamos reaprender – ou, quem sabe, até mesmo aprender – a perdoar. Geralmente aprendemos que perdoar é esquecer totalmente o mal que nos fizeram. Aprendemos que perdoar é aceitar quem nos ofendeu como se nada tivesse acontecido. No entanto, tais comportamentos são impossíveis para nós, humanos, pois o que nos estão ensinando é a forma do perdão divino, que só Deus, que é perfeito, é capaz de nos dar. Por isso temos tanta dificuldade de aplicar esses ensinamentos. O que precisamos é aprender a perdoar como humanos que somos. E o perdão humano, tem algumas características importantes, que às vezes até desconhecemos:

1º) Quando perdoo, faço-o em meu coração. Não tenho de procurar quem eu perdoei para "entregar-lhe" o meu perdão. Mesmo porque isso seria um desrespeito para com quem se perdoa, pois não sabemos se ele quer realmente o nosso perdão. Contudo, se o tenho no meu coração, ele estará sempre disponível para o outro, se ele quiser vir buscá-lo. Em outras palavras, eu retiro quem me magoou de dentro do meu coração e preencho o seu lugar com o perdão que lhe dou. Se prestarmos bastante atenção, vamos verificar que aqueles de quem não gostamos, aqueles que nos fizeram algum mal, moram, por muito mais tempo dentro de nós, em nossos pensamentos, do que aqueles a quem amamos. De quem não gostamos, a todo o momento nos lembramos deles. Qualquer coisa nos faz recordar do que ele nos fez, nos faz lembrar de que ele existe. Já os que amamos, só pensamos neles eventualmente, quando vivenciamos alguma coisa boa que deles nos faz lembrar. Portanto, perdoar é arrancar de dentro de nós aqueles de quem não gostamos, aqueles que nos fizeram algum mal. O perdão é o nosso melhor recurso, sendo muito melhor para quem dá, do que para os que o recebem. Afinal, pode acontecer que eles nem venham saber que os perdoamos, enquanto nós ficaremos livres das recordações desagradáveis que eles nos provocam. Nós os retiramos, definitivamente, dos arquivos de nossa memória.

2º) Quando perdoo alguém, não me proponho a esquecer tudo o que aconteceu ou o que ele me fez, voltando ao mesmo relacionamento anterior ao acontecido. Perdoado ele está, mas não preciso – e talvez nem valha a pena e nem deva – voltar a ter o mesmo relacionamento com ele. Que ele siga o seu caminho, pois eu vou seguir o meu, sem cargas extras nos ombros.

3º) Quando perdoo alguém, não devo alimentar qualquer desejo de vingança nem desejar que lhe aconteça algum mal. Simplesmente dou por encerrada aquela situação. Que ele viva a sua vida e que eu possa viver a minha, totalmente livre de mágoas ou rancores.

4º) Se aprendo a perdoar aos outros, com certeza estarei aprendendo a perdoar a mim mesmo. E esse é o perdão mais difícil, porém o mais importante que darei em minha vida.

Quando estou perdoando a outra pessoa, tenho certo grau de vaidade por me julgar bom e magnânimo. Talvez até mesmo um tanto poderoso, pois fui capaz de tomar essa atitude. Mas, quando tenho de perdoar a mim mesmo, tenho de ser bom e poderoso e, ao mesmo tempo, extremamente humilde para me aceitar como sou, e com o que fiz. Quando perdoo a mim mesmo, renovo minha autoestima e o amor por mim mesmo. Com isso deixo de me castigar por coisas que tenha feito e das quais me arrependi. Quem não se perdoa, está sempre se punindo e às vezes esta punição pode ser até mesmo o suicídio, seja ele o direto, seja ele o endógeno, já visto.

5º) Perdoar é um ato de resiliência, pois vou deixar o aspecto deformado que tomei interiormente, para voltar a forma ideal, que havia perdido quando me entreguei à raiva, aos rancores, às mágoas que nos machucam e deformam interiormente.

6º) Para ajudar no perdão, é muito importante que se tenha a consciência da IMPERMANÊNCIA de todas as coisas, no mundo em que vivemos. Aqui, nada, absolutamente nada, é permanente. Tudo é passageiro, quer gostemos ou não. Por isso mesmo, querer se arvorar "dono" de alguma coisa ou de alguma pessoa, é mergulhar numa ilusão que só nos traz frustrações. Não somos donos de nada nem de ninguém, muito menos da verdade. Gandhi já dizia: "Não tenho compromisso com a coerência, mas sim com a verdade". Portanto, o que penso hoje, o que faço hoje, e até o que sou hoje, talvez não seja o mesmo que irei dizer, pensar, ou ser amanhã. Se estiver em busca de crescimento, de evolução para melhor, a cada dia aprendo alguma coisa nova, e esse aprendizado me fará – se eu tiver a humildade indispensável para isso – mudar o meu modo de ser e de pensar, sempre que julgar que a verdade em que eu acreditava, não era, necessariamente, a verdade absoluta. Muitas coisas são verdade hoje, e amanhã se tornam em grandes enganos. Um bom exemplo disso foi o conceito pré-Galileu de que a Terra seria o centro do universo. No seu tempo, ninguém ousaria afirmar o contrário, pois era a verdade científica da época, era o que os cientistas, pretensos donos da verdade, afirmavam.

Claro que isso não significa que devemos estar sempre mudando ao sabor do vento e conforme os modismos dominantes. Mas sim, que devemos ter uma consciência crítica bem formada e informada, para saber reconhecer quando estamos errados e quando estamos no caminho que acreditamos como sendo o verdadeiro, pelo menos naquele momento.

Se tudo em nossa realidade é IMPERMANENTE, também os sofrimentos serão passageiros. Portanto, não há porque eu me destruir por estar passando, momentaneamente, por um problema, uma dificuldade, que certamente uma hora vai terminar. Como diz a sabedoria popular: *Não há bem que sempre dure, nem mal que nunca se acabe!*

Muitas pessoas alegam querer morrer porque ninguém as ama nem lhes dá carinho e atenção. Todos nós necessitamos de carícias, todos nós necessitamos de amor, todos nós precisamos de atenção. Contudo, esse é um caminho de duas vias, e não de mão única. Eu não posso querer ser amado, se não dou amor. Não posso querer carícias, se trato os outros com grosseria. Não posso querer atenção, se raramente dou atenção a quem dela necessita.

Buscar amor, carícias, e especialmente atenção, através de uma tentativa de suicídio não é, certamente, a maneira mais adequada para fazê-lo. Procurar dar amor, procurar ter carinho e ternura com todas as pessoas e seres que nos cercam, ser atencioso para com todos, é sem dúvida a melhor maneira de recebermos o amor, o carinho, a ternura, a atenção que desejamos.

7º) Em muitas situações faz-se necessário trabalhar com a família, às vezes até mais intensamente, do que com o potencial suicida. É preciso que todos aprendam que a ele deve ser dada a permissão para viver. E isso significa aceitá-lo tal como é, mesmo que isso seja por um tempo provisório, enquanto se trabalha pela sua mudança. Uma pessoa que não se sente aceita pelos que lhe são caros, que está sempre sendo cobrada por coisas que pode não estar em condições de fazer naquele momento, com certeza se sentirá rejeitada e isso será um motivo para buscar o autoextermínio.

O trabalho com a família deverá ser feito especialmente para não lhes tirar a sua própria personalidade, desde que ela seja sadia. Não significa sequer sugerir a eles que aceitem tudo o que o potencial suicida pretende, mas fortalecer-lhes e lhes dar pistas para saber até mesmo negar o que deve ser negado, e especialmente como fazê-lo. É sempre bom lembrar que, negar com amor, é muito mais construtivo e melhor aceito, do que concordâncias a contragosto.

8º) Quando se consegue estabelecer um processo terapêutico com o potencial suicida, é interessante propor-lhe um CONTRATO DE "NÃO SUICÍDIO" que terá durações variadas. Pode-se iniciar com um dia, o que é mais fácil. Pelo menos até o dia seguinte, quando deverá ser novamente atendida, a pessoa será instada a assumir o compromisso de não fazer qualquer tentativa de autoextermínio.

Depois, procura-se ampliar este contrato por espaços de tempo maiores: uma semana, um mês. Enquanto estiver em trabalho psicoterapêutico, este contrato vai sendo renovado até a superação total da crise. Se isso pode parecer algo fantasioso para algumas pessoas, basta ter a consciência de que, se aquela pessoa procurou, e aceitou ajuda, é porque ela quer realmente viver.

9º) Outro recurso que em certas situações pode ser utilizado é o da "manipulação" através de algumas perguntas bem específicas. Para isso quando, e se couber tais perguntas, colocar para a pessoa: "Você já pensou como o seu filho vai se sentir caso você se mate?" "Como sua mãe vai ficar?" Porém é preciso enorme cuidado para se fazer tais colocações, pois elas podem funcionar exatamente ao contrário, se aquilo for o que ele está procurando causar com seu suicídio. Se assim for, esse recurso servirá apenas para estimulá-lo a levar o seu projeto adiante.

10º) Se o profissional que atende a um potencial suicida, trabalha com a psicologia Transpessoal, um recurso bastante eficiente é o chamado "exercício de MORTE-E-RENASCIMENTO DO EGO". Sinteticamente, funciona assim: depois de um relaxamento mais profundo, a pessoa é levada a vivenciar, num exercício de fantasia, o seu suicídio consumado. Com a devida e competente assistência do terapeuta, deixá-lo experienciar, em sua fantasia, o que lhe vai acontecendo. Um ponto importantíssimo desse exercício é terminá-lo, sempre, com o RENASCIMENTO da pessoa. Uma advertência: quem não tem experiência com esse procedimento, não deve realizá-lo.

11º) Quando o desejo suicida tem a ver com alguma outra pessoa, seja ela viva ou morta, um exercício bastante eficiente, é o utilizado pela Gestalt-terapia, chamada "Cadeira vazia" ou "Cadeira rotativa". O paciente é colocado numa cadeira, diante de outra que fica bem à sua frente, porém vazia. Depois de um relaxamento mais profundo, sugere-se que o paciente imagine a pessoa que é o motivo de seus problemas, assentando-se na cadeira vazia em sua frente. É proposto então um diálogo entre o paciente e o seu desafeto, ali virtualmente presente, conduzido pelo terapeuta com experiência nesse processo. O diálogo é iniciado pelo paciente, a quem é sugerido expressar, para o "outro", tudo o que sente em relação a ele. Em seguida, pede-se ao paciente que mude para a outra cadeira, assumindo o papel do seu desafeto, e procurando responder como pensa que ele teria respondido. Em seguida o paciente volta para a sua cadeira, sendo discretamente estimulado a responder ao que acabou de ouvir do personagem virtual. A critério do terapeuta, o paciente deve voltar ao representar o outro, sendo também discretamente estimulado a falar das emoções que o seu desafeto teria, escutando o que lhe foi dito. Um detalhe importante é que o paciente deverá sempre fazer as duas falas, usando sempre o pronome "eu", para dar maior autenticidade possível, àquele que está falando. O terapeuta deverá encerrar o diálogo-monólogo, quando lhe parecer que os fatos levantados, e especialmente as emoções despertadas, foram bem esclarecidos por ambas as partes. Evitar o prolongamento inútil, quando perceber que já não há coisas importantes ou construtivas sendo expressas. Este é também um exercício muito eficiente, principalmente para elaborar questões que tenham ficado pendentes (o que chamamos de *gestalts* abertas) e que podem estar sendo a razão do sofrimento intenso do potencial suicida. A sessão pode ser concluída, conforme avaliação do terapeuta, com uma reconciliação e até um possível pedido de perdão, mútuo.

Repetimos, enfaticamente, que esses exercícios só devem ser realizados por profissionais com suficiente conhecimento e experiência dos mesmos. Caso contrário poderá provocar mais danos do que benefícios ao seu cliente.

VII
Condutas sugeridas para familiares e amigos de quem suicidou

Com relação aos **SOBREVIVENTES**, isto é, os familiares e amigos de uma pessoa que se suicidou, muitas condutas sugeridas são semelhantes aos procedimentos indicados para os que tentam suicidar-se. Pela importância deles, creio que devem ser repetidos e reforçados, para que se percebam as mudanças sutis que podem ser necessárias.

1º) Também os sobreviventes necessitam ser ESCUTADOS, ESCUTADOS e ESCUTADOS! Quantas coisas terão dentro de si, quantas mágoas não expressas, quantas frustrações devorando suas entranhas, quanta carga pesada de culpa eles carregam, que serão significativamente atenuadas se puderem ser expressas e escutadas com empatia.

2º) Expressar as emoções é um dos princípios fundamentais em qualquer situação de perda, especialmente numa tão dramática quanto o é o suicídio. Muitos pais, que têm um filho suicida, fazem esforços sobre-humanos para demonstrarem que são fortes e que superaram muito bem aquela situação. Seguram as lágrimas, não choram nem expressam qualquer sentimento de dor ou de revolta. Geralmente este comportamento decorre do excesso de advertências que recebem do tipo: "Não fale assim..." ou "Seja forte!" Ou ainda, o trágico "Aceita a vontade de Deus!" Como se Deus quisesse fatalidades como essa... Quando se acredita num deus vingativo, cruel, insensível, torna-se muito difícil admitir a dor que se sente, expressá-la convenientemente, vomitar toda a raiva, revolta, indignação que trazem dentro de si, retidas e corroendo-as física e psicologicamente. Reafirmo que um Deus que é criador e pai misericordioso, de forma alguma, em nenhuma hipótese, planeja ou deseja coisas semelhantes para seus filhos, suas criaturas. Infelizmente gostamos de atribuir a Ele, tudo aquilo que não compreendemos, que nos fere e não conseguimos controlar. Não cabe aqui uma discussão teológica, apenas a afirmação de que nada disso faz parte dos seus planos para nós. Portanto podemos e devemos lutar contra isso, tudo fazendo para resgatar o fluxo de vida saudável que Ele realmente deseja para todos nós, sem exceção. O que, sem dúvida um mistério instigante, porém realidade absoluta.

As emoções existem para serem expressas. Repetimos, e o fazemos sempre: *Emoção sem expressão vira depressão, e depressão mata. Mas, emoção mal expressa, vira confusão!*

É preciso expressar as emoções, sem nenhum patrulhamento familiar e social, porém é preciso saber como expressá-las, para não causar maiores problemas e danos, tanto às outras pessoas como a nós mesmos. Existem aqueles que, revoltados, socam paredes, chutam portas, espatifam louças. Com isso se ferem, quebram as mãos, os seus pés. Com certeza essas não são maneiras adequadas para expressar suas emoções. Afinal, portas, parede e vasos nada têm com as nossas dores e revoltas...

O choro, o grito e até palavrões, são formas bem mais adequadas, pois liberam as energias negativas que trazemos dentro de nós, sem criar problemas. Quem sentir necessidade de expressar fisicamente sua dor pode pegar uma ou mais almofadas, socando-as até a exaustão. Com certeza esgotará também a sua revolta e a sua dor, sem risco de se machucar.

3º) O PERDÃO é o recurso, quase mágico, para essas situações. Confusos por estarmos no olho de um furacão, muitas vezes acreditamos que aquela pessoa que amamos nos traiu e nos desrespeitou, matando-se. Devemos começar então por perdoá-la, pois certamente não foi essa a sua intenção. Mas, precisamos também perdoar a nós mesmos, porque nessas ocasiões, sempre fazem aquela pergunta tão terrível quanto inútil: "Por quê?". Por que ela fez isso... Por que eu não percebi o que estava acontecendo... Por que eu não estava junto dela... Por que... Por que... Por que... E sempre teremos respostas do tipo: "Porque eu não dei atenção necessária a ela...". "Porque eu não valorizei os sinais que me deu..." Coisas como essas surgirão na cabeça dos sobreviventes, levando-os a se sentirem culpados por tudo o que aconteceu. É importante então, saber ou relembrar que culpado só o é quem faz alguma coisa ruim, sabendo que ela é ruim, e a faz exatamente para produzir aqueles efeitos, se possível ainda piores. Com toda certeza, não é o caso de alguém que ama uma pessoa que se matou e agora está sofrendo por isso. Podemos até nos julgar, de certa forma, "responsáveis" porque deixamos de lado algumas coisas que, só depois do fato acontecido, nos pareceram importantes. Mas, isso não nos faz "culpados". Afinal, não fizemos ou deixamos de fazer algo, com a intenção de causar mal àquela pessoa. Sendo assim, não somos culpados, não podemos ser considerados assim. Não merecemos ser castigados, muito menos por nós mesmos.

O perigo de assumir alguma culpa, seja para quem for, é acreditar que os "culpados", merecem e devem ser punidos, nós mesmos ou as outras pessoas. Um dos meios mais comuns é estabelecer o "mandato de não ser feliz", para si próprios ou para os demais a quem se atribui alguma culpa. Com ele, infermiza-se a própria vida, ou a deles. Passa-se a ter comportamentos desagradáveis, intolerantes, agressivos, sempre criando um clima ruim em torno de si ou dos outros. Dessa maneira, priva-se de qualquer possibilidade de ser feliz, assim como aos demais a quem atribui culpa.

Quando nos julgamos culpados a nós mesmos, também podemos provocar, por vias psicossomáticas, doenças cuja gravidade será proporcional ao grau de culpabilidade que nos atribuirmos.

Por isso, trabalhar o perdão é um ponto essencial para os sobreviventes. Técnicas como a da "cadeira vazia", já referida, é um dos procedimentos rápidos e eficazes para ser utilizado nessas situações.

VIII
Conclusões

O suicídio é uma das perdas mais dolorosas que existem, porque além da perda propriamente dita, muitas emoções e até preconceitos serão envolvidos, podendo até destruir parte de suas vidas. Por vezes algumas religiões, que deveriam servir de consolo nessas circunstâncias, criam fantasias aterrorizantes, especialmente para o suicida, deixando seus familiares em intenso sofrimento pelos horrores que aquela pessoa querida poderá estar passando. Tudo fruto de fundamentalismos rígidos, leituras pouco refletidas de textos sagrados, educação arcaica e desconhecimento total do verdadeiro sentido da espiritualidade e da religiosidade, que devem ser sempre libertadoras e nunca fontes de mais dor ou sofrimento. Volto a ressaltar a misericórdia de Deus, que nunca castiga seus filhos, pois sua pedagogia é muito superior à nossa, juízes implacáveis que somos. A esse respeito, falaremos um pouco mais no último apêndice.

Pessoas que ameaçam ou já tentaram suicídio, tanto como os seus familiares, necessitam de cuidados especiais. Contudo há que se ter sempre presente uma verdade, um tanto dolorosa: Só se ajuda quem quer ser ajudado. Quem não quer ser ajudado, é perda de tempo tentar fazê-lo. Nesses casos, só nos resta deixar bem claro para ele que, em qualquer momento que precisar, estaremos disponíveis para acolhê-lo. Mas, forçá-lo a se ajudar, ou a ser ajudado, é pura perda de tempo, e até desrespeito à sua vontade, caso esteja lúcido.

Bem conscientes dessa realidade, com certeza os sobreviventes não terão sentimentos de culpa, uma vez que sua ajuda sempre esteve disponível, portanto nada mais poderiam fazer.

Restará então, para todos, a misericórdia infinita de Deus, que mesmo para aqueles que nEle não acreditam, está permanentemente de braços abertos para acolher a todos, e nos confortar.

Apêndices

Lidando-se com potenciais suicidas, e especialmente aquelas pessoas que, em função de frustrações, decepções, insucessos, e muitas outras razões, pensam em desertar dessa vida, algumas reflexões sobre certos temas podem ser de grande valia. Todos eles estão mais extensamente colocados nas leituras sugeridas no final desse livro, mas, resumimos alguns que acreditamos serem de maior importância.

A – Convivendo com perdas e ganhos

Poucas coisas incomodam tanto ao Ser Humano como as perdas. Contudo, se não houvesse perdas, jamais conheceríamos a satisfação e a alegria dos ganhos. Para saber a qualidade ou o defeito de alguma coisa, é necessário que se tenha a experiência do oposto. Tudo o que é linear, único, não nos deixa parâmetros para conhecer a plenitude do que se está vivendo. Chego a pensar que, se não houvesse a morte, pouco ou nenhum valor daríamos à vida. Como saber se alguma coisa é boa ou má, se não existe outra, oposta a ela, para nos permitir uma confrontação, uma comparação?

Contudo, mesmo assim, a simples ideia de perder alguma coisa ou pessoa de quem gostamos nos faz sofrer.

E a intensidade do sofrimento será diretamente proporcional ao sentimento de posse – portanto, o apego – que temos por aquela coisa, cargo, título ou pessoa.

As perdas permeiam totalmente a nossa existência, desde o seu início. Nossa entrada neste mundo, ou seja, o nosso nascimento, foi a primeira grande perda que experimentamos. Perdemos a segurança, o conforto e o acolhimento que tínhamos no útero materno. Para ganhar a vida neste mundo, perdemos a vida intrauterina, com suas muitas qualidades.

Mas, também a humanidade começou, ainda que metaforicamente, numa desastrosa perda. Ela está descrita no livro mais lido no mundo: a Bíblia. E isso aconteceu quando Adão e Eva, aceitando a tentação da serpente, comeram do fruto proibido e foram expulsos do Paraíso. Perderam, e toda a humanidade com eles, o convívio íntimo com Deus e as delícias de um mundo perfeito.

Talvez a realidade do nosso nascimento, associada a essa metáfora pedagógica, expliquem nossas dificuldades para com as perdas. Afinal, como resultado das duas, ganhamos o sofrimento e a dor que não conheceríamos se ainda estivéssemos no Paraíso, ou na segurança do útero materno.

Desde então as perdas nos deixam, como consequências, dor e sofrimento. Estaríamos então condenados a um castigo sem fim? Com certeza não.

O receio das perdas tem sua gênese na ilusão de sermos donos de tudo o que nos é proporcionado pela vida, boa parte delas pelo nosso esforço e pelo nosso trabalho. São os bens materiais – todos eles –, as pessoas de nossa família, os amigos(as) que conquistamos, companheiros(as), títulos, cargos, honrarias, etc.. A lista é quase interminável. O esforço de conquistá-los, somado às determinações legais do mundo em que vivemos, refletidas em documentos oficiais como as escrituras, os contratos, as certidões, nos dão a sensação de que tudo nos pertence. E se assim o é, como posso admitir perder alguma coisa? Não admito perder nada.

Esse sentimento possessivo pode ser resumido numa palavra que usamos bastante, discutindo esse tema: APEGO. Com certeza ele é o nosso maior inimigo, podendo ser definido como "a ilusória sensação de se ser dono de tudo e de todos".

Apegar é uma palavra formada a partir de 'pegar' – do latim, *picare* – tendo o sentido de fazer aderir, prender, segurar. Portanto diz respeito a uma condição em que o objeto do apego é forçado a permanecer com quem exerce esse apego, como sendo o seu dono. Mas, buscando nos dicionários, também encontraremos outro significado para apego: inclinação afetuosa, afeição. Por isso mesmo, em nossa cultura a ideia do apego se confunde com o amar, com o gostar. Quando acredito que amo alguém, digo que sou apegado a ele. E, quanto maior acredito ser meu amor, maior será o meu apego. A pessoa amada se torna minha propriedade e jamais admitirei a ideia de perdê-la. A afeição se transforma em posse. E a sensação de posse, destrói qualquer relacionamento amoroso, que por essência deve ser permeado pela liberdade responsável.

Por isso mesmo, não existe ensinamento mais certo do que aquele que diz: 'Quem se julga dono de alguma coisa, ou de alguma pessoa, dela se torna posse'. E ser posse, é ser escravo, é perder a liberdade. E quem não é livre, é infeliz, vive em constante sofrimento, angustiado pela constante possibilidade de perder tudo aquilo que imagina ser seu.

Se pesquisarmos um pouco, descobriremos que em todos os grandes pensamentos religiosos e filosóficos, existem lições que nos mostram o apego como coisa ilusória e até mesmo nociva. Afinal, se não perdermos o que temos por injunções naturais dessa vida, com certeza perderemos tudo com a nossa morte. De concordatas e falências podemos nos safar, porém da morte, ninguém escapa. E como muito bem diz a sabedoria popular, *caixão não tem gaveta*. E completo afirmando: "Nunca vi um carro forte seguindo um féretro até o cemitério".

Tudo o que conquistamos nesse mundo, a esse mundo pertence. Não levaremos absolutamente nada, conosco. Nem sequer o nosso corpo. E isso é uma realidade difícil para se aceitar, especialmente quando nos recordamos de todas as lutas que tivemos para conquistar cada pequeno bocado do que possuímos. Contudo, se tomarmos plena consciência do que é o desapego, encontraremos a forma mais privilegiada para se viver.

Nossa vida transcorre numa realidade temporo-espacial. Nela, tudo é impermanente, pois numa condição de tempo e espaço, tudo ocorre sequencialmente. Sequência de tempo, sequência de espaço, sequência de ações. Se vamos a algum lugar, vamos superando espaços numa determinada sequência de frações de tempo. E o espaço que superamos, deixamo-lo para trás, ocupando novo espaço. Não há como voltar ao espaço anterior, no mesmo tempo que o havíamos ocupado. Poderei fazê-lo, porém num novo momento. O anterior, jamais se repetirá. Heráclito, filósofo do século V A.C. afirmou: "Ninguém entra no mesmo rio duas vezes". Poderemos entrar num mesmo lugar do rio, porém a água que nos banhará será totalmente outra. A que nos banhou inicialmente nunca mais voltará inteira àquele lugar.

Constatamos então a **impermanência** das coisas. Nada é definitivo em nossa realidade. E se nada é permanente, os cargos que ocupamos não serão permanentes, os títulos que ostentamos não serão permanentes, as pessoas com quem nos relacionamos não serão permanentes. Tomando plena consciência dessa realidade, descobriremos quão inútil é a tentativa de se tornar "dono" de alguma coisa, ou de alguém. Tudo é fugaz, tudo é passageiro.

Com frequência, a motivação para o suicídio nasce das perdas pelas quais uma pessoa passa, e não consegue suportar. Muitas dizem: "Já não tenho razão para continuar vivendo, pois perdi..." Em seguida, aqui se ouve: "minha mãe..." "meu filho..." "meu esposo..." "minha casa..." "meu emprego..." "minhas economias..." E a lista segue interminável, relacionando todas as perdas que ela fantasiava que nunca iriam acontecer. Ficamos sempre esquecidos de que nosso bem maior é a própria vida, pois só enquanto a tivermos seremos capazes de resgatar boa parte das coisas boas que acreditamos ter perdido para sempre.

É como se as pessoas não dessem conta de que, se tudo, absolutamente tudo, nesta vida é impermanente, nada dura para sempre. Isso inclui os sofrimentos, as dores, as frustrações e tudo o mais que também não permanece para sempre. Mas, não se pode negar que isso pode acontecer, quando a pessoa tudo faz para preservar suas dores, seus sofrimentos, renovando-os diariamente. Um dia, se as pessoas tiverem consciência disso, e trabalharem para que tudo isso acabe, todo o mal terminará, e novas coisas boas voltarão a preencher sua vida. Contudo, para isso há necessidade de firme decisão e muito esforço. Coisas que em determinado momento parecem não existir, diante da enormidade da dor que se está sentindo. Essa é então a ocasião de se buscar apoio adequado, um ouvinte paciente e maduro, um conselheiro sensato, e até mesmo um profissional que possa lhe ajudar a resgatar as forças e as energias que tem, mas que diante de certas perdas, certos sofrimentos, parecem ter se acabado todas. Ninguém é suficientemente forte para desprezar bons apoios para reaprender a caminhar. Se existe a fisioterapia que recupera acidentados que já não andam, não falam, não movem os braços, existe também a "fisioterapia da alma" que, com esforço, paciência, e sendo bem direcionada, produz resultados surpreendentes.

Toda dor emocional ou espiritual, quando bem elaborada, atenua-se a níveis toleráveis, até extinguir-se por completo. E no caso das perdas de pessoas queridas, até se transformar numa recordação, a que chamo de "uma saudade gostosa".

Para nos proporcionar isso, há que se conhecer e aprender como vivenciar o que se chama de LUTO. Que é um processo físico, mental e espiritual, necessário para essa metamorfose, para que se possa sair do sofrimento para a paz das boas recordações. Único caminho para trazer de volta a felicidade para a vida de quem se esforça por buscá-la. Como a larva presa no casulo, e que, com muita luta e esforço se liberta, transformando-se na linda e livre borboleta que ela realmente é.

B – Por que sofremos?

Uma pergunta que muitas pessoas fazem, é o porquê dos sofrimentos. Muitas acreditam que ao criar o homem, Deus criou também o sofrimento e o mal. Mas isso não é a verdade. Deus criou o bem, e o mal é simplesmente a ausência do bem. Da mesma forma que a escuridão, que também não existe, sendo somente a consequência da falta de luz. Podemos criar a luz, acendendo uma lâmpada, uma vela. Mas não há como "criar" a escuridão. O Homem, exercendo a sua liberdade, pode eliminar o bem, assim como pode apagar a luz. Lendo o livro do Gênese, verificamos que em seu primeiro parágrafo, está escrito: "No princípio Deus criou o céu e a terra. A terra estava deserta e vazia e as trevas a cobriam". Não há qualquer referência a "Deus criando as trevas". Elas existiam somente porque ainda não havia a luz. Entretanto, logo depois se lê que Ele criou a luz, que afastou as trevas. Deus não cria o mal. Deus é onipotente, porém podemos dizer que, de certa forma sua onipotência é limitada por ser perfeito. Ele não pode criar o mal, o erro, ou a imperfeição, pois tudo isso seria incompatível com a Perfeição, parte essencial de Deus. Ora, onde não existe luz, predominam as trevas. Não é a luz que cria as trevas, mas a sua ausência que dá lugar às trevas. Deus não criou o mal, mas se nós afastamos o bem, o mal ocupa todo o espaço que lhe for deixado.

Por sorte nossa, Deus não ficou indiferente a esse mau uso de nossa liberdade. Vendo que afastamos o bem, abrindo espaço para o mal, deu-nos meios, os mais diversos, para nos livrar do mal, quando assim o desejamos. Muitos são esses meios, como veremos.

Deus também procura, e sempre o faz, dos males que criamos retirar coisas boas. É isso o que leva a muitas pessoas acreditar, erroneamente, que Deus permite o mal para dele tirar alguma coisa boa. Não é assim. Deus, que é Pai, que é Amor, jamais permite, por livre vontade e decisão exclusivamente sua, que algum mal nos aconteça. Porém, como nos deu o livre-arbítrio, Ele não ignora a liberdade que nos deu. De certa forma pode-se dizer que Deus deve sofrer quando percebe que vamos fazer alguma besteira. Mas ainda assim, sendo perfeito, Ele não pode interferir diretamente em nossas ações, impedindo-nos de fazê-las.

Ao contrário de nós, que somos humanos e imperfeitos, quando damos "liberdade" a alguém, o fazemos com restrições. Como o pai que diz à filha, tentando ser bem moderno e evoluído: "Minha filha, você é livre para fazer na vida o que quiser!" E ela: "Que bom, papai! Então eu vou traficar drogas!" Ao que a resposta do pai virá imediatamente: "Traficante não, de jeito nenhum!" Esse é o "livre-arbítrio" que damos: pode fazer o que quiser, desde que não seja o que não quero! Procedendo assim, todas as ações de nossos subalternos serão limitadas em sua responsabilidade, pelas consequências que advierem de seus atos. Se o que fizerem depender de nossa aprovação, e a tiverem, a responsabilidade do que acontecer, será também nossa.

Por outro lado, existe também uma espécie de "entrecruzamento" de livres-arbítrios. Muitas vezes fazemos tudo da melhor maneira possível, e de repente nos acontece um desastre. Alguém atravessa a rua com o sinal aberto para pedestres. Vem um carro em alta velocidade, com o motorista embriagado, e atropela aquela pessoa. Como explicar que isso aconteceu com alguém que estava fazendo tudo certo? A questão é que somos seres gregários. Precisamos e vivemos em comunidade. Com isso, o uso do livre-arbítrio de um interfere com a vida dos demais. Quem dirige um carro embriagado, e ainda em alta velocidade, sabe que está colocando a sua vida em risco, e a de outras pessoas. Se mesmo assim o faz, a responsabilidade dele num acidente será ainda maior, pois causará danos também a terceiros. Se um utiliza mal seus dons, sem o controle do seu livre-arbítrio, pode provocar danos a outras pessoas que estão procurando fazer tudo certo. E não se pode atribuir isso à vontade de Deus, mas ao mau uso de um dom tão precioso que é a liberdade. A isso chamo de entrecruzamento de livre-arbítrios, e nos mostra que o uso de nossa liberdade não interfere somente conosco, mas também com a vida dos que me cercam. Ou seja, somos inteiramente responsáveis por nós mesmos, mas também temos uma enorme responsabilidade para com os outros, pois vivemos em grupo.

Deus respeita a liberdade que me deu, mesmo que a use mal, e vá produzir danos em outras pessoas. Isso nos faz perceber o peso de nossa responsabilidade quando não cuidamos bem dela.

Deus também nos deu todos os meios para distinguir o certo do errado. Tanto assim que sabemos, ou desconfiamos bem disso, quando estamos fazendo coisas incorretas. Mas, se mesmo assim fazemos o que não é certo, sufocaremos nossa consciência para poder ir em frente. Depois, passaremos o resto da vida lamentando as consequências negativas de nossa decisão irresponsável.

Quando se tem plena liberdade, tem-se também total responsabilidade pelos atos cometidos, assim como pelas suas consequências. Por isso respondemos por eles.

Em nossa criação, Deus nos deu dois maravilhosos presentes: LIVRE-ARBÍTRIO, e diversos TALENTOS. Assim, temos total liberdade de aplicar os talentos que recebemos, da maneira como melhor o desejarmos.

Alguns têm mais talentos do que os outros, alguns possuem talentos especiais que outros não têm. Mas todos nós, sem exceção, temos talentos necessários para a realização dos Planos de Deus a nosso respeito, os quais não são uma imposição. Somos totalmente livres para decidir se vamos realizá-los ou não.

A desigualdade de talentos, não nos faz maiores nem melhores do que ninguém. Somos todos absolutamente iguais em dignidade, como criaturas de Deus.

Observemos os dedos das nossas mãos. Não existem dois iguais, entretanto sem um deles nossa mão não será completa, nem cumprirá tão bem as suas funções.

Da mesma forma, todos nós somos igualmente importantes, ainda que em nosso julgamento humano, tacanho e exageradamente pragmático, alguém possa se julgar, ou julgar o outro, mais importante que os demais. Voltando aos dedos da mão, podemos perguntar: quem daria, de boa vontade e sem queixas, um dedo de sua mão para ser amputado sem necessidade? Hemingway escreveu, em 1940: *"Quando morre um homem, morremos todos, pois somos parte da huma-*

nidade. .....Nenhum homem é uma ilha, completo em si próprio; cada ser humano é uma parte do continente, uma parte de um todo. E por isso não perguntes por quem os sinos dobram; eles dobram por ti".

Podemos então entender por que nos acontecem coisas ruins, mesmo que nos julguemos pessoas boas.

Einstein não admitia a hipótese da Teoria Quântica, de que as coisas surgem do acaso. E ele retrucava: "Deus não joga dados!" De certa forma, ele buscava uma explicação lógica para todas as coisas e não admitia que elas pudessem acontecer por obra do simples acaso.

Acredito que todas as coisas, ainda que aconteçam aleatoriamente, vão pouco a pouco sendo modeladas para um êxito final. Só que tal modelagem não se faz por uma ação direta e irresistível, do Criador. Ele fez as leis da natureza e Ele as respeita. Nós, os Homens, vamos interferindo com essas leis, atrapalhando aqui, consertando ali, mas prosseguimos em direção a um distante futuro, onde o equilíbrio se fará. Todo o sistema está se modificando em sua busca, e um dia ele acontecerá.

Não podemos imaginar Deus atuando e interferindo no nosso dia a dia, distribuindo benesses ou malefícios. Com diz o rabino Kushner, em seu livro *"Quando coisas ruins acontecem às pessoas boas" (1988),* não se pode admitir que Deus tenha semanalmente uma quota de tumores malignos a distribuir, ou que consulte seu computador para saber a quem vai entregá-los, se é para esse, porque ele está merecendo, ou então para aquele, porque terá mais forças espirituais para suportá-lo.

É absurdo admitir-se que Deus – em quem acreditamos, e chamamos de Pai – envie um terremoto ou um furacão que destrói toda uma cidade, apenas para dar uma lição às pessoas que ali estavam em pecado. Um pai não arranca o braço do filho porque esse mexeu em algum de seus guardados. Nem tão pouco lhe arranca a língua porque falou uma ou duas palavras feias.

Na realidade, certos sofrimentos são realmente importantes para nós. Tomemos, por exemplo, a dor, que é um fenômeno físico-químico, e de qualquer ser vivo. Quando sobrevém uma dor, e essa é bem forte, só o humano busca alívio com medicamentos e questiona: "Por que meu Deus, estou sofrendo assim? Tira-me essa dor!" Contudo, a dor é importante dentro de nosso contexto vital. Nenhuma dor existe sem razão. Ela serve para nos proteger contra males maiores. Por exemplo, se não sentíssemos dor, colocaríamos nossa mão em cima de um fogão aceso e nos queimaríamos gravemente. É porque sentimos dor, que imediatamente retiramos nossa mão daquele lugar. É também pelo medo da dor que poderemos sentir que deixamos de fazer coisas que podem colocar em risco, até mesmo a nossa vida.

Por outro lado, a dor é também sinal de que está havendo alguma alteração em nosso organismo. Por sua causa procuraremos um médico e esse vai nos perguntar sobre as características da dor. Quando começou, de que tipo é, para onde ela se irradia, etc. E, com essas informações, ele poderá fazer, com segurança, o diagnóstico de uma doença que, se não tivesse sido identificada naquele momento, certamente nos teria levado à morte. Foi a dor que nos salvou!

Deus também não interfere diretamente em nossas atividades particulares. Como imaginar que um jovem estudante peça a Deus que lhe dê a aprovação num exame vestibular porque, mesmo não tendo estudado o suficiente, fez o pedido com muitas orações e promessas? Como ficariam outras dezenas ou centenas de jovens que, apesar de terem se esforçado, estudado convenientemente, venham a perder a vaga só porque não "orou" adequadamente? Ou, quem sabe, nem orou?

Diante de um acidente com algumas mortes, como pessoas necessitam de explicações consoladoras, costumam dizer: "Foi melhor assim. Talvez aquelas que morreram fossem passar por maiores sofrimentos se tivessem sobrevivido." Ou então, que Deus ainda precisava, daquelas que se salvaram, e não precisava das demais. É manipular demais, o papel de Deus!

Diante dessas colocações, pode-se questionar qual o papel de Deus em nossas vidas. E para que rezar? Para que a religião?

Deus não interfere diretamente, mas Sua presença se faz em todos os momentos de nossa vida, principalmente nos sofrimentos.

Uma poesia antiga, muito bonita, fala de uma pessoa que caminhava e sabia que Cristo estava ao seu lado, pois via, junto das suas, as pegadas de Cristo. Certa vez, tendo sido atingida por um enorme sofrimento, viu somente um par de pegadas na areia, que imaginou serem as suas. E questionou: "Onde estava, Senhor, quando eu sofria tanto e necessitava de Ti?" E então, ouve a resposta: "As pegadas que viu sozinhas, enquanto você sofria, não eram suas. Eram minhas, pois enquanto você sofria, eu lhe carregava no colo!"

Deus está constantemente a soprar em nossos ouvidos, os caminhos que devemos percorrer. Mais do que isso, deu-nos um Anjo Custódio para nos acompanhar dia e noite, mostrando-nos os caminhos a seguir. Contudo, Ele, e muito menos seus Anjos, podem desrespeitar nossa liberdade. Os Anjos nos inspiram, atuando sobre a nossa imaginação, mas nenhuns acessos têm sobre a nossa vontade, que sempre é totalmente livre. Deus nos dá os talentos que possuímos, e nos dá os meios para um melhor discernimento em nossas decisões. Já usar esses talentos e os meios que dEle recebemos, é uma opção e responsabilidade nossa. Somente nossa.

C – Morrer. E depois?

Esse texto eu o escrevi principalmente para os que creem numa vida depois da vida. Contudo, mesmo quem não acredita será bom que também o leia, pois muitos não creem por desconhecerem quase tudo sobre essa realidade que nos aguarda. E também porque, quem vivencia um episódio de suicídio, geralmente tem muitos questionamentos a esse respeito.

Morrer é para os humanos um pavor e uma fascinação. Curiosamente, os dois sentimentos dizem respeito a uma mesma razão: o desconhecimento sobre o que poderá vir depois.

Para obter essas respostas, é totalmente inútil recorrer à ciência. Nem a física, nem a química, nem a biologia, nem qualquer outro ramo da ciência foi ou será capaz de esclarecer esse mistério. E isso, porque o transcendental, como o próprio nome já diz, transcende, ultrapassa a capacidade dos nossos sentidos, do pensamento e do raciocínio humanos. Somos formados e nos desenvolvemos dentro da realidade temporo-espacial, e todos os idiomas da Terra, toda a nossa forma de pensar, todas as imagens que construímos em nossa mente, são delimitadas à realidade do espaço e do tempo. Abstrações, além desses limites, se tornam meras especulações e, para representá-las precisamos sempre de utilizar metáforas, tropos de nossa própria realidade. Assim, para falar de "inferno", descreve-se um lugar escuro, repleto de labaredas que queimam indefinidamente, onde as almas se contorcem entre açoites e cutiladas de tridentes demoníacos. Imagem dantesca para representar o sofrimento eterno. Para falar do "purgatório" repete-se as imagens, porém sem a presença assustadora do diabo, que por ali não transita, e com a esperança consoladora de que será uma permanência por tempo limitado, nesse lugar de intensos sofrimentos. Finalmente, para descrever o "céu" utilizam-se paisagens maravilhosas, com flores multicoloridas, nuvens brancas repletas de Anjos barrocos com feições infantis, falando de inocência e de pureza. E, por todos os cantos, melodias suaves que saem das harpas tangidas por Anjos e Almas benditas, num eterno louvor a Deus.

Essas são descrições retiradas da Divina Comédia, de Dante, e bem compreensíveis para as mentalidades ingênuas e infantis. Contudo, tais imagens continuam no imaginário e nos desejos de muitos adultos. Talvez por isso mesmo, pela ingenuidade de tais descrições, muitos adultos se afastaram das religiões, incapazes que são (e com razão...) de admitir tais lugares como nosso futuro e inexorável destino. Preferem aceitar o niilismo, o "nada" após a morte. Que, no fundo, também não lhes satisfaz, preservando as angústias do desconhecido.

Acrescente-se a isso, a descrição também apavorante de um tribunal divino, onde um Deus irado, severo, cercado de Anjos armados de espadas flamejantes, determina judicialmente o destino eterno de cada Alma. Pobre daquela que não encontrar um Anjo-advogado de defesa, capaz de justificar seus erros cometidos durante a vida terrestre!

Os dois conjuntos de imagem refletem bem nossa incapacidade de alcançar o transcendental, levando-nos a fantasias inaceitáveis por mentes mais racionais. E para os intelectualmente mais exigentes, a impossibilidade de visualizar o inalcançável os leva a simplesmente negar o que não conseguem abarcar pela sua razão e com seus intrincados e mais profundos conhecimentos.

Criados à imagem e semelhança de Deus que é trinitário (três pessoas numa só), somos três partes numa só, também inseparáveis: corpo, mente e espírito. São Tomás de Aquino (Séc. XIII) ensinava: "Não há corpo sem alma, nem alma sem corpo". Portanto, não há como imaginar uma alma (espírito) vagando pelo espaço, totalmente dissociada do seu corpo.

O Humano tem a sua "individualidade", a qual foi gerada no exato momento em que um específico espermatozoide se uniu a um específico óvulo, fecundando-o. Nesse momento, duas cargas genéticas absolutamente únicas se uniram, e constituíram uma individualidade, também única e jamais repetida em qualquer tempo ou lugar. Essa "individualidade" tem corpo, mente e espírito, totalmente inseparáveis. Uma explicação: aqui se usa a palavra espírito com o mesmo sentido de alma, denominando a nossa parte imaterial, também entendida como o sopro de vida que nos anima.

Por outro lado, muita confusão se faz porque confundimos o "corpo" individual, com a sua expressão biológica, o corpo físico, atômico-molecular, que expressa a nossa presença no mundo temporo-espacial.

Quando chega o momento de nossa transformação – o que denominamos de "morte" – cessa a vida biológica em nosso corpo material, assim como a sua capacidade autorregenerativa, tornando-o desvitalizado. Será então um cadáver (corpo sem vida), e já não será mais o "indivíduo" como era conhecido.

Nesse momento ocorre a transformação do "homem exterior", representado objetivamente pelo corpo biológico, no "homem interior", constituído pelas mesmas três partes: corpo, mente e espírito, porém agora numa dimensão exclusivamente espiritual, inteiramente fora da realidade temporo-espacial.

Isso é o que se chama de "ressurreição da carne". Ou seja, a transformação da carne material em carne espiritual. Aquela, conservando suas estruturas átomo-moleculares, que iniciam um processo de degradação, separando os elementos materiais que o constituem. Já o "homem interior", ou "corpo espiritual" conserva suas três partes, porém todas elas transformadas em uma unidade espiritual, sem qualquer elemento material, próprio do espaço-tempo. Dessa forma, já não terá elementos que consigam estimular os cinco sentidos dos que continuam como viventes, portanto tornando-se total e definitivamente não detectável pelos que permanecem em seus corpos biológicos. O indivíduo não está morto, mas está transformado. Às perguntas que comumente se fazem, "Se é assim, onde eles estão? Para onde eles vão?" pode ser assim respondida: "Eles estão em toda parte, e não estão em lugar nenhum. Como seres espirituais, agora pertencem a uma condição (pois não é lugar, nem tempo algum) própria dos Anjos e de todos os humanos que já se transformaram. O mundo espiritual, o Paraíso de Deus, da Trindade Santa".

Para eles, a morte já não existe, o espaço e o tempo já nada significam para eles. Por isso mesmo pode-se dizer que, aqueles que se transformaram, passam a estar muito mais próximos de nós do que estavam enquanto "vivos" em seu corpo biológico, pois pela condição material, estavam sujeitos aos limites do tempo e do espaço. Para estarmos juntos, tínhamos de vencer essas duas barreiras, o que nem sempre era possível, para nos encontrarmos. Após a transformação, se já não as vemos, nem ouvimos, nem tocamos, podemos, com os olhos e ouvidos do coração, estar constantemente com elas ao nosso lado. Nada mais do que isso, mas o suficiente para nos consolar de sua ausência material. E também na certeza de que nós teremos o nosso dia de transformação, quando estaremos juntos no coração de Deus.

Sempre se falou muito no fim dos tempos, no fim do mundo. Hoje, o Apocalipse tornou-se sinônimo dessa catástrofe final, gerando livros, filmes e novelas. Entretanto, compreendendo-se o que foi dito anteriormente, vamos perceber que o fim dos tempos não será o fim do mundo para tudo e para todos. Será, sim, o fim do meu tempo, pois quando morro, o tempo acaba para mim. Saindo do espaço-tempo, entraremos na eternidade, e nela o tempo não existe, como também não existe qualquer espaço, como o conhecemos. Tudo isso continuará para os que ainda permanecerem na Terra, materialmente vivos. Mas não para os que morrem. Para esses, terá chegado o verdadeiro fim dos tempos, e como será o outro lado, só os que lá estão o sabem. Se algum deles voltasse para contar aos que aqui continuam, como ele é, ninguém seria capaz de compreender nada, pois nos faltariam elementos essenciais como o espaço e o tempo, para entendermos como é qualquer lugar.

Só mais uma observação curiosa: por que queremos tanto saber como é o outro lado, se nem uma pequena parte da realidade onde estamos, sabemos ou compreendemos?

E o juízo final? Também muitos o imaginam como o descrevemos no início deste texto. Mas Deus não é juiz. Deus não tem justiça. Justiça é um atributo dos seres humanos, sujeita a erros e manipulações. Deus, que é pai e é mãe, criou o Universo e tudo o que nele se encontra, exclusivamente por amor. O verdadeiro amor só existe quando é compartilhado. E o de Deus é tanto, que Ele criou a imensidão do Universo para com ele, e com todas as criaturas nele existentes, compartilhá-lo. Se criou por amor, jamais se tornaria num carrasco, oprimindo, torturando e castigando as suas frágeis criaturas. Ele conhece muito bem nossas fraquezas e imperfeições. Muito mais do que nós mesmos. Ele as contempla com imenso carinho, e sendo todo poderoso, o é, muito mais, misericordioso. Por isso mesmo, Ele nos perdoa a todos, por tudo o que fazemos em decorrência de nossa fraqueza e imperfeição. Basta que, no uso de nossa liberdade, de nosso livre-arbítrio, sem qualquer preconceito, ou conceitos culturais, façamos a nossa livre opção de nos levantar e retornar à sua vontade, sempre que falharmos, tropeçarmos e cairmos. Afinal, mesmo Ele sendo o Criador, mas sendo perfeito, por sua própria vontade não desrespeita a liberdade que nos concedeu. Afinal, se nos criou por amor, jamais poderá nos fazer escravos de sua vontade. Por essa razão nos criou livres, nos deu o livre-arbítrio. Tão pleno, que podemos até mesmo utilizá-lo, absurdamente, para negar a existência de quem nos criou.

Por outro lado, acreditando nEle, retribuímos o seu amor, mesmo em nossa pequenez, por livre e espontânea vontade. O que dará, a essa nossa atitude, um valor infinitamente maior do que teria se fosse apenas por medo, por obrigação ou por imposição de uma força maior.

Por essa razão, se optamos por estar sem Ele, longe dEle, certamente com muito pesar, Ele respeita a nossa decisão. Afinal, ela é tomada usando plenamente a liberdade que Ele nos deu. E o estar sem Deus, distante dEle, consequentemente fora da perfeição, fora da perfeita felicidade, fora da luz, será estar na total escuridão, na total infelicidade, por exclusiva vontade nossa. É o que chamamos, pela nossa incapacidade de melhor definir o que transcende à nossa compreensão, de "inferno".

Aqui é importante relembrar que a escuridão não existe, assim como o mal não existe, como realidades concretas. Usando a luz como metáfora, o fazemos para melhor compreensão. Se acendermos uma lâmpada, a luz se faz. E ela é concreta. Mas, não existe uma lâmpada que absorve totalmente a luz, criando a escuridão absoluta. A escuridão é a falta de luz, é a não-luz, assim como o mal é a ausência absoluta do bem, o não-bem. Consequentemente, a ausência de Deus, que é a felicidade em sua total perfeição, torna-se infelicidade infinita.

Se no momento da nossa morte, a opção que fizermos for por não-Deus, estaremos optando, livremente, pela não-Luz, pela absoluta não-felicidade.

O juízo final será, portanto, exclusivamente nosso, e não de Deus. Ele apenas acatará nossa livre decisão, pois será autêntica e definitiva. Definitiva, porque não haverá outro tempo para reformularmos nossa decisão. Estando fora dele, não há um depois para qualquer mudança.

Enquanto estamos nessa vida, onde existe o ontem, o hoje e o amanhã, podemos decidir alguma coisa, voltar atrás, arrepender, tomar novas decisões. Há sempre um depois para fazê-lo. E temos essas oportunidades porque, enquanto estivermos nessa vida, imperfeitos, sujeitos a enganos, à má compreensão e entendimentos equivocados das coisas, tudo o que fizermos será passível de revisão e correções. Porém, passando para a eternidade, já não haverá segunda oportunidade. E isso, de forma alguma será injusto, pois nossa decisão definitiva será tomada fora do mundo dos enganos, dos erros, das imperfeições. Ela será feita na plenitude da consciência, na certeza absoluta de que estamos escolhendo. E totalmente coerente com a caminhada que tivemos aqui, nessa vida transitória. Ao entrarmos na vida eterna, onde não há qualquer imperfeição, também as nossas decisões serão perfeitas e definitivas. O que é perfeito, não tem retorno.

Todavia – sempre aparece um "todavia", onde existe plenitude de misericórdia – se naquele momento tivermos uma mínima vontade de voltar ao Criador, por menor que seja, menor até que um grão de mostarda, como falava Jesus ao referir-se à fé, desejo verdadeiro de ir para a Luz e não cairmos na escuridão absoluta, mesmo sem termos merecimentos, Deus não deixará em vão essa nossa vontade, e certamente nos acolherá imediatamente para junto dEle. Afinal o plano e a vontade de Deus é que todos se salvem. O próprio Apóstolo Paulo afirmou isso em sua 1ª Carta a Timóteo, escrevendo: "*É desejo do Pai que todos os homens sejam salvos*" (1Tm 2.4). E o próprio Jesus disse: "*Não vim para julgar e sim para salvar o mundo*" (Jo 3,17).

Entretanto, para voltar ao Criador, certamente deveremos passar por algum processo de "limpeza" de nossas imperfeições, pois só assim, livre de todas as marcas e manchas do mal que estavam impressas em nós, poderemos nos aproximar daquele que é perfeito. Que processo será esse, só Deus sabe, não temos competência para, nem sequer ousamos, imaginar como seja. Com certeza ele existe e é necessário. Certamente não será através de castigos ou sofrimentos, pois isso é incompatível com a misericórdia e o amor de Deus. Ele não cria castigos nem torturas para seus filhos. A esse processo, que não é um lugar, pois já não existirão lugares, chamamos de Purgatório, que significa "onde se limpa".

Uma vez limpos, poderemos ir estar com Deus. E a isso chamamos de Céu, de Paraíso. Que também não é um "lugar", pois onde já não tem espaço, não existe lugar, e sim uma condição. A condição de se estar no gozo da suprema e perfeita felicidade. E ali permaneceremos para sempre, pois também não haverá tempo para determinar por quantos dias, meses ou o que for, ficaremos. E, obviamente, nenhuma monotonia, como alguns ingênuos e negativistas gostam de sugerir.

A morte é, portanto, a nossa passagem para a plena realização do verdadeiro sentido da vida que recebemos: ser feliz.

Surge então uma dúvida: Se é assim, não poderíamos, ou até deveríamos apressá-la? Não estaríamos agindo certo se procurássemos a morte para abreviar essa passagem, e alcançar o objetivo final de nossa vida?

A resposta é bem incisiva: NÃO!

Nessa vida, não estamos sem sentido, sem algum propósito. A vida material que temos é uma forma de "aperfeiçoar" nossa capacidade de desfrutar do amor de Deus, coparticipando disso, com todos os demais humanos, nossos irmãos de origem, sem qualquer preconceito. Somos gregários, vivemos em comunidades, exatamente para nos ajudarmos, uns aos outros. Já foi dito que: "Ninguém se salva sozinho. A brasa, fora da fogueira, se apaga".

O tempo de vida que nos é dado é para melhor aprendermos a perceber Deus, a usufruir de Deus. Se a vida termina, seja pela ação do tempo, seja por doenças ou mesmo por violência vinda de fora, de outras pessoas, fazendo nossa vida aparentemente curta demais, não há qualquer prejuízo nesse aprendizado, pois ele vinha sendo feito no tempo que nos foi dado para fazê-lo.

Diferentemente de quando eu mesmo, pretensiosamente e desejando ser senhor absoluto da minha existência, decido que já vivi tempo suficiente.

Quando o faço, quando me mato, estou interrompendo inadequadamente essa caminhada de aprendizado. Estarei me arvorando senhor da vida e da morte, querendo competir com Deus como se soubesse mais do que ele, o que é bom e o que não o é para mim. Por decisão própria estarei interrompendo prematuramente o aprendizado que me era destinado. Além disso, certamente estarei prejudicando a tantas outras pessoas que, provavelmente dependeriam de mim (mesmo que eu não soubesse), para o seu crescimento e evolução. Essa atitude de autoextermínio poderá ser um ato de prepotência e vaidade, incompatível com o verdadeiro amor, que é humildade e, sobretudo, solidariedade.

Quando a ação vem de fora, sem que haja qualquer contribuição voluntária minha para que tal aconteça, esse prejuízo não existe. A própria ação estará atuando em minha história de vida, para completá-la. Mas, se a ação foi minha, sendo uma intervenção pessoal deliberada, voluntária, seu efeito será diferente, pois não terá qualquer efeito pedagógico ou benéfico, nem para mim nem para ninguém.

Contudo, é muito importante que não façamos generalizações, que sempre são injustas e quase sempre erradas. Nem todas as pessoas que se matam, o fazem na plena consciência de seu ato. Ainda que assim pareça aos parentes, amigos ou circunstantes. Como já foi dito, muitas vezes a pessoa não quer matar a si própria, mas há uma autoimagem que lhe faz sofrer, que rejeita, sem conseguir se libertar dela. Numa complexa confusão mental, ela mata a si mesma, acreditando que está se livrando daquela autoimagem que lhe repugna.

Não querendo matar a si mesma, não está voluntariamente interferindo em sua caminhada, tampouco no projeto que Deus tem para ela. Ainda que, para nós que somos somente observadores, possa parecer exatamente o oposto. Uma razão a mais para não sermos juízes, para não julgarmos os outros, especialmente em coisas que lhes são muito pessoais.

Para Deus, que conhece o mais íntimo dos nossos sentimentos, dos nossos pensamentos, da nossa vontade, não houve interferência com seus planos, e assim a misericórdia de Deus completará o que faltou na caminhada daquela pessoa.

Outras leituras sugeridas

ALVAREZ, A. *O Deus selvagem* – Um estudo do suicídio. São Paulo: Companhia das Letras, 1999.

BLANK, R.J. *Reencarnação ou redenção*. São Paulo: Paulus, 1995.

CORR, C.A. et al. *Death & Dying, Life & Living*. 2. ed. Estados Unidos: Brooks/Cole Publishing Comp. Pacific Grove, CA, 1996.

D'ASSUMPÇÃO, E.A. *Luto* – Como viver para superá-lo. Petrópolis: Vozes, Petrópolis, 2018.

_____. *Sobre o viver e o morrer*. 2. ed. Petrópolis: Vozes, 2011.

_____. *Morrer. E depois?* – 3º vol. dos Arquivos de Tanatologia e Bioética. Belo Horizonte: Fumarc, 2002.

_____. *Tanatologia* – Ciência da vida e da morte – 1º vol. dos Arquivos de Tanatologia e Bioética. Belo Horizonte: Fumarc, 2002.

_____. et col. *Morte e suicídio* – Uma abordagem multidisciplinar. Petrópolis: Vozes, 1984.

_____. *O sentido da sida e da morte*. 3. ed. São Paulo: O Recado, 1998.

_____. *Por que sofro, se procuro ser bom?* São Paulo: O Recado, 1996.

DURKHEIM, É. *O suicídio*: Estudo sociológico. São Paulo: Editorial Presença/Livraria Martins Fontes, 1897.

FRANCO, M.H.P. *Estudos avançados sobre o luto*. São Paulo: Livraria Pleno, 2002.

KASTENABUM, R. & AISENBERG, R. *Psicologia da morte*. São Paulo: Ed. da Universidade de São Paulo, 1983.

KUSHNER, H.S. *Quando coisas ruins acontecem a pessoas boas*. São Paulo: Nobel, 1988.

KOVACS, M.J. *Morte e desenvolvimento humano*. 2. ed. São Paulo: Casa do Psicólogo, 1992.

MANN, J.J. et al. Suicide prevention strategies: a systematic review. *JAMA* 2005; 294(16):2064-2074.

MARCUS, E. *Why Suicide?* New York: Harper Collins Publishers Inc., NY, 1996.

TAVARES, G.R. *Do luto à luta*. Belo Horizonte: Casa de Minas, 2001.

WORDEN, J.W. *Terapia do luto*. 2. ed. Porto Alegre: Artes Médicas, 1991.

CULTURAL

Administração – Antropologia – Biografias
Comunicação – Dinâmicas e Jogos
Ecologia e Meio Ambiente – Educação e Pedagogia
Filosofia – História – Letras e Literatura
Obras de referência – Política – Psicologia
Saúde e Nutrição – Serviço Social e Trabalho
Sociologia

CATEQUÉTICO PASTORAL

Catequese – Pastoral
Ensino religioso

REVISTAS

Concilium – Estudos Bíblicos
Grande Sinal – REB

TEOLÓGICO ESPIRITUAL

Biografias – Devocionários – Espiritualidade e Mística
Espiritualidade Mariana – Franciscanismo
Autoconhecimento – Liturgia – Obras de referência
Sagrada Escritura e Livros Apócrifos – Teologia

PRODUTOS SAZONAIS

Folhinha do Sagrado Coração de Jesus
Calendário de mesa do Sagrado Coração de Jesus
Almanaque Santo Antônio – Agendinha
Diário Vozes – Meditações para o dia a dia
Encontro diário com Deus
Guia Litúrgico

VOZES NOBILIS

Uma linha editorial especial, com
importantes autores, alto valor
agregado e qualidade superior.

VOZES DE BOLSO

Obras clássicas de Ciências Humanas
em formato de bolso.

CADASTRE-SE
www.vozes.com.br

EDITORA VOZES LTDA.
Rua Frei Luís, 100 – Centro – Cep 25689-900 – Petrópolis, RJ
Tel.: (24) 2233-9000 – Fax: (24) 2231-4676 – E-mail: vendas@vozes.com.br

UNIDADES NO BRASIL: Belo Horizonte, MG – Brasília, DF – Campinas, SP – Cuiabá, MT
Curitiba, PR – Fortaleza, CE – Juiz de Fora, MG – Petrópolis, RJ – Recife, PE – São Paulo, SP